長編超《スーパー》伝奇小説
書下ろし
魔界都市ブルース

菊《きく》地《ち》秀《ひで》行《ゆき》

美《び》女《じょ》祭《さい》綺《き》譚《たん》

NON NOVEL

祥伝社

目次

カバー&本文イラスト／末弥　純

装幀／かとうみつひこ

一九八X年九月十三日金曜日、午前三時ちょうど——。マグニチュード八・五を超《こ》す直下型の巨大地震が新宿区を襲った。死者の数、四万五〇〇〇。街は瓦礫《がれき》と化し、新宿は壊滅《かいめつ》。そして、区の外縁には幅二〇〇メートル、深さ五十数キロに達する奇怪な〈亀裂〉が生じた。新宿区以外には微震さえ感じさせなかったこの地震は、後に〈魔　震《デビル・クエイク》〉と名付けられる。

以後、〈亀裂〉によって〈区外〉と隔絶《かくぜつ》された〈新宿〉は急速な復興を遂《と》げるが、その街を産み出したものが〈魔震〉ならば、産み落とされた〈新宿〉はかつての新宿であるはずがなかった。早稲田《わせだ》、西新宿、四谷《よつや》、その三カ所だけに設《もう》けられたゲートからしか出入りが許されぬ悪鬼妖物がひしめく魔境——人は、それを〈魔界都市〝新宿〟〉と呼ぶ。

そして、この街は、哀しみを背負って訪れる者たちと、彼らを捜《さが》し求める人々との物語を紡《つむ》ぎつづけていく。あらゆるものを切断する不可視の糸を手に、魔性《ましょう》の闇を行く美しき人捜し屋《マン・サーチャー》——秋《あき》せつらを語り手に。

第一章　ミスコン・タイフーン

1

フーテンというのは〈新宿〉で生まれた何かだと言われているが、実のところ、正解を出したものはいない。

〈新宿〉の生き字引と言われる女情報屋・外谷良子《とやよしこ》にしても、この質問にはあるのかないのかわからない首を傾《かし》げ、

「知らない、ぶう」

と答えたという。

この質問者は図に乗って、ブーテンならわかりますか？　と訊《き》いてしまい、その日のうちに行方不明になってしまったらしい。

こんなロクでもない事件を巻き起こしながら、フーテンという言葉には、どこか雨雲からさし恵むひとすじの光のようなイメージが感じられる。さして強くもなく、長時間は続かないが、仄《ほの》かに明るいのは確かだ。

時には〈魔界都市〉にも、そんな天気があるだろうか。

〈ミスコン〉つまり〈ミス・コンテスト〉を開催しようと言い出したのは、梶原《かじわら》〈区長〉だというのが定説だ。

少し前、〈区〉の振興のためだと言い出したあたりから、腹の中は読めているぞと、区議会ではもっぱらの評判だったが、いざ決を取ると反対票は六〇過ぎの婦人区議一名で、彼女はのちに、何よ、あの団結力と吐き捨てた。

あっという間に――それこそ、あっという間に、段取りは整えられ、〈旧噴水広場〉に舞台の工事が開始されたのは、〝決定〟の翌日のことである。

その日から、〈新宿TV〉、〈デイリー新宿〉といったマスコミをはじめ、〈外谷さん日報〉といった悪質個人誌にまで、ぴちぴちギャルの露出宣伝が始

まり、いい年齢《とし》しやがってと夫婦喧嘩《げんか》が続発した。これは、鼻の下を伸ばすなという妻側の意見ばかりでなく、出場なんかさせるものかという夫側の主張も含んでいる。

　出場資格は、未婚で本物の女性に限るという妥当《だとう》なものだったが、主婦を舐《な》めんじゃねえぞというメールが〈区役所〉に殺到し、ミスコンから「美女コン」に変更となった。

　この場合、主催者たる〈区〉にとって最大の難問は、人間以外の出場者であった。妖物《ようぶつ》たちの中には、面白半分に人間たちを困らせてやろうという意図を持って重大な催《もよお》しに紛《まぎ》れ込むものたちがおり、正体を現わした彼らによって、ショック死に見舞われる者も多数と予測された。

　言い出しっぺ――と言われる――梶原〈区長〉は、これを回避すべく、全応募者の身元チェックを徹底させたが、書類上はまともな〈区民〉の中にもおかしな連中がおり、それらを排除しても、戸籍等は幾《いく》らでも改変可能な上、〈区内〉に一年在住すれば、〈準区民〉の資格を与えるという〈区民憲章〉の一項が、すべてを有名無実にしてしまった。

　あとは、会場の内外にテレパスを多数配して、妖物たちの思考を読み、寸前での危機回避に賭《か》けるしかないと思われた。

　この話を「厚生課」のひとりが帰宅後、娘に話すと、彼女はこう言った。

「なあんだ。もうひとつ手があるわよ」

「なんだ？」と眉を寄せて一六歳の娘を見つめる父親に、娘は、

「審査員に妖物より凄《すご》いのを入れるのよ」

　と言った。


「ひとつ、よろしく頼む」

　こう言って深々と頭を下げ、こちらの右手を両手で握りしめる梶原へ、秋《あき》せつらとメフィストは、少なからず困惑の表情を作らねばならなかった。

二人して〈区役所〉近くの〈スターバックス〉へ入り、カウンターに並んだ。

「何だろうね、あれ？」

「〈区長〉の道楽だな」

「次で落ちないかな？」

次の区長選のことである。

「駄目だな。あの男は基本的に運が強い。今度も上手《うま》くやるだろう」

「二人で嫌がらせしないか？」

「ほお、どうやって？」

こういう場合、言い出しっぺは大抵《たいてい》せつらである。

「外谷を出場させて、優勝させる」

「地獄へ堕《お》ちるぞ。一応『美人』コンテストだ」

「タイトルもデブコンに変える。今から手を廻《まわ》せば何とかなる」

「そんなことをする必要がどこにある？」

「ないさ。嫌がらせだ」

「『秋せつらの本性《ほんしょう》』という本を、死後に出してやろう」

「印税は山分けね」

「しぶといな」

店内は昼休みのリーマンを含めて八割ほど埋まっていた。その誰もが、美しい二人の生きものを恍惚《こうこつ》と見つめて箸《はし》も動かせない——というのは嘘《うそ》で、みな機械的にブレンドやクッキーを口に運んでいる。

手も動かせないというのは、中途半端の意味だ。魂《たましい》までとろけた人間は、忘れることも忘れてしまう。普段と何も変わらない抜け殻《ぬけがら》——それが魂まで魅《み》せられるということなのだった。

この店は今天国なのか地獄なのか。

結論はすぐに出た。

自動ドアに挟んだ両肩を強引に外して、とんでもないでぶが入って来たのである。

「ぶう」

店内にどよめきが広がった。

「神様」

「悪魔だ」

声が入り乱れた。

その片隅で、

「放っておきたまえ。いつか夜は明ける」

「医者にしちゃ呑気《のんき》だね」

「あーら、いたいいた」

来た。

でぶは、強引に二人の間に割って入ってきた。二人は椅子《いす》ひとつずつ離れた。離れざるを得ない。

背後でデジカメのシャッター音が重なった。夢から現実に戻った――というか戻された客たちであった。

「オー、〈新宿三羽烏《さんばがらす》〉」

外人の観光客らしい。おかしな情報を知っている。

「ねえ、今聞いたんだけどさ。美女コンの審査員やるんだって、ぶう」

せつらは、呆《あ》っ気《け》、という表情になった。メフィストもやや眉を寄せている。正《まさ》しく、今の五分前の情報だ。

カウンターの店員が、

「何か？」

おっかなびっくり訊いた。猛獣相手のようである。似たようなものだが。

「コーヒー」

と〈新宿〉一の女情報屋は答えた。

「サイズは？」

「どんぶり」

「はい」

あるのかよ、とせつらは眼を丸くした。このでぶ女の行くところ風雲急を告げ、ないものまで出てくる。せつら、メフィストとは別の意味で〈新宿〉の典型だ。〈三羽烏〉の外人はある意味正しい。

「もとは、ミスコンだったんだって？　美女コン変更大歓迎」

外谷良子は不気味なふくみ笑いをした。

「どうしてだ?」

「あたしも出たいのだ」

二人は沈黙した。遠くで稲妻《いなずま》が光った。雷鳴《らいめい》が轟《とどろ》く。

「気は確かか?」

せつらがつぶやいた。

「え、何?」

外谷が左を向いた。

「でぶ枠を作るか」

「は?」

右を向いた。二人の魔人はそっぽを向いている。

何を企《たくら》んでいるのだ? と外谷が怪しんでいるところへ、

「お待ちどうさま」

さっきの店員がコーヒーを運んできた。どんぶりの中で、確かにコーヒーの色と匂いの液体がぐらぐらと煮えくり返っている。

「あ、どーも」

女とは思えぬ銅鑼声《どらごえ》で礼を言うと、店員がタオルを巻いてきた器《うつわ》を素手《すで》で摑《つか》み、ぐびーっと一気に飲み干してしまった。片手飲みである。

唇を拭《ぬぐ》ったとき、げぶうと洩《も》らした。せつらは肩をすくめ、メフィストも軽く眼を閉じる。

「で、美女コンだけど」

再開した外谷へ、とうとう堪《たま》りかねたせつらが、

「ドクターが特別枠をこしらえてくれるそうだ」

メフィストの片眉が、ぴくりと動いた。

「おや」

外谷は上体をたおして、メフィストにしなだれかかった。

「ね、何枠?」

「秋くんに——」

訊きたまえと眼をやったメフィストは、戸口の方へ向かうせつらの後ろ姿を見た。

「卑怯者《ひきょうもの》め」

「え?」

外谷が気色《けしき》ばむ。

「——何でも」

「さ、話を詰めるのだわさ、ぶう」

外谷が、浮き浮き浮きぶくろという感じでせっついた。


外へ出るとすぐ、せつらはサングラスをかけた。それでも通行人の視線がその美貌《びぼう》と姿に注《そそ》がれる。老若男女《ろうにゃくなんにょ》区別はない。

「あのお」

後ろから声がかけられた。うっとりとバターみたいに溶けた妙齢《みょうれい》の美女である。右手の携帯をチラつかせながら、

「あの、いま見たんですけど、〈区〉がミスコンを開催するんですって?」

「はあ」

〈区長〉のヤローと思った。もうばら撒《ま》いてやがる。しかも、徹底してない。ミスコンじゃないってのに。

「ミセスは駄目なんでしょうか?」

「はあ。〈区〉に問い合わせてください」

OKだが、答えるのが面倒だ。

熱風のごとく吹きつけてくる色香《いろか》にも、せつらは何処《どこ》吹く風である。

女は諦《あきら》めなかった。

「それで、あのお、既婚者枠はありますの?」

「さあ」

「冷たいこと。審査員でしょ、あなた?」

「はあ」

「ね、凄い賞品、よね」

女は喉《のど》を鳴らした。卒倒寸前に見えた。

「はあ、もう決まってましたか」

「やだ、とぼけて」

このとき、せつらはすでに非常事態を悟《さと》っていた。

道行く女たちが周囲を取り囲んでいるのだ。どの顔もどの眼も恍惚の極《きわ》みにあった。

「あの賞品、本当?」

「ホントよね」

「やだ、おかしくなりそ」

ついにせつらは真相を知らねばならないと考えた。

「賞品って、何?」

通りを女たちの叫びが渡った。それは風の神のごとき悲鳴であり、驚愕《きょうがく》の声であり、色情の叫びであった。

そして、ぴたりと熄《や》んだ。

世界は静まり返った。

何となくせつらは、頭を掻《か》いた。

次の瞬間、爆発が生じた。花火のようにきらめく熟女の声が一斉に、

「キッス」

「は?」

「とぼけないで!」

全員の手が、せつらを指差した。

「それが賞品よ! 絶対、あたしが頂《いただ》くわ」

と色気むんむんの熟女が宣言し、

「なによ、オバさん。あたしよ」

と女子大生風が豊かなバストを突き出し、

「冥土《めいど》の土産《みやげ》にするわい」

白髪と皺《しわ》で埋もれた婆《ばあ》さんが腰をくねらせる。そこへ他の女たちの自己主張が加わり、通りは阿鼻《あび》叫喚《きょうかん》の巷《ちまた》と化した。

歩道の脇にパトカーが止まった。制服姿の警官二人が駆け寄って来た。〈新宿〉の警官らしく、マグナム拳銃を握っている。

ひとりが拳銃を向けて女たちを牽制《けんせい》し、ひとりが肉の垣《かき》を押しのけてせつらを引っ張り出す。

「無事かね?」

と彼を見た途端に、よろめいた。

「はあ」

「近頃はやりの女の集団追《お》い剝《は》ぎか？」

と牽制中のもうひとりがこちらを向いて、仲間のあとを追う。

「助けて下さい」

せつらが要求したとき、女たちから絶望の叫びが噴《ふ》き上がった。

パトカーが発進すると、

「被害はありません。よかったら〈区役所〉まで送り届けて下さい」

「そりゃいいけど」

助手席の警官が、ぼんやりと言った。

「何か用でもあるの？」

「復讐《ふくしゅう》」

とせつらは答えた。

2

〈新宿区〉主催の『〈新宿〉美女コンテスト』は、その日のうちに〈新宿〉中の話題になり、〈区役所〉のイベント担当には、出場申し込みが殺到《さっとう》した。

「どうするんですか、〈区長〉？」

イベント担当の広報課長・深田典子《ふかだのりこ》は梶原に食ってかかった。

「美女コンだけで、年齢制限も性別も明文化していないから、上は一〇〇超の婆さんから下は三歳の幼児まで、一番多いのはニュー・ハーフでっせ」

「君は関西人か」

梶原は苦笑した。してやったりという笑顔だった。

「コンテストで一番大切なのは、出場者でも審査員でもない。開催までの評判だ。そのためには手段を選ぶな」

「このコンテストだけは別ですよ。一番の目玉は賞品です」

「あれか？」

梶原は四〇過ぎのオールド・ミスに投げキッスをしてみせた。

「地獄へ堕ちればいいわ――みんな半狂乱ですよ。でも、よく彼らがＯＫしたもんですね」

「それは君――日頃の付き合いさ」

彼は自慢の葉巻をスパスパ喫《や》りながら、宙を仰《あお》いだ。

「で、いつ応募規定を発表なさるんですか？」

「開催は来週の日曜日だ。応募締切りは、そうだな、前日」

「はあ？」

「いちいち驚くな。こういう催しは早いほどいいのだ。準備に手間暇《ひま》がかからんからな」

「女性以外からも出場希望が殺到してますけど」

「こう発表しろ。『ニューハーフの方、お年寄り、幼児の皆さんにも出場枠を検討中です』これで最後までもつ」

「必要なのは希望ですか」

「そうだ」

「承知いたしました」

典子は溜息《ためいき》をついてから、じろりと肥満体をにらみつけ、

「それと、このイベント担当は、開催日前日でやめさせていただきます」

「辞表を出すということか？」

訝《いぶか》しげな梶原の眼の前で、イベント担当課長は腰に手を当て、モデルのようなポーズを取った。

「おい、まさか」

「私も出場《エントリー》させていただきます」

典子は、うっとりと明言してから、

「そうそう、〈区長〉もご存知の方からも来ておりましてよ」

典子が出て行くと、〈区長〉は葉巻を灰皿に押し

つけ、大急ぎで電話機のナンバーをプッシュした。

「私だ——今度の美女コンに、美和子《みわこ》は応募などしておらんだろうな?——そうか、よし」

満足そうにうなずいた顔が、突然、悪鬼《あっき》のそれに変わった。

「おまえが出る? 申し込んだ? 莫迦《ばか》者、年齢を考えろ」

もう一度、大莫迦者と罵《ののし》って電話を叩《たた》き切ると、梶原は肘《ひじ》かけ椅子にもたれて、

「ふむ、人妻熟女枠アリとすると——」

そこへインターフォンが鳴り、電話に切り替えて、

「今度は何だ?」

と訊いた。すぐに、

「なにィ? 美女コン開催日に休みを取りたいという女どもが続出して臨時休業にしなくちゃならないから何とかしろと、商店や企業からクレームが殺到? 何をぬかすか莫迦な経営者どもが。〈新宿〉の経営者たるわしを見ろ。いつもどんと構えておるわい。休みたきゃ休め。いいチャンスだ。〈歌舞伎《かぶき》町《ちょう》〉のエロ風俗店で生命《いのち》の洗濯でもして来るがいい。なに? その風俗店からのクレームがいちばん多いいいい?」

「社長——起きて下さい」

店と住まいをつなぐ通路のドアが、女の声でこう叫んでいる。

むにゃむにゃ言いながら起き上がり、ドアの前で、何事? と訊くと、

「店の前に一〇〇人ばかり押しかけています」

と来た。アルバイトの娘である。

「何が一〇〇人?」

「女性です」

美女コンだな、と思った。

「本日休業の札《ふだ》を出しといて」

「もうやりました。帰りません」

「水を浴びせたまえ」

「わかりました」

　ホクホクした声が遠ざかり、やがて、店のシャッターを開ける音がした。悲鳴が上がるまで数秒だった。

　朝食を摂《と》ってから店へ出ようとすると、

「来ちゃ駄目です」

　とドアの向こうから止められた。

「どうして？」

「まだ外にいます。水撒くと遠ざかるんですけど、放《ほ》っとくとじりじり近づいて来ます」

　軍隊蟻《マラブンタ》か。

「そのままお仕事に行って下さい。あとは私が片づけます」

「手荒な真似《まね》は困るよ」

「水ぶっかけといて何言ってるんですか」

「はあ」

　とにかく来ないで下さいと主張する娘の意を汲《く》んで、せつらは住まい＝オフィスへ戻った。彼はいま〈秋せんべい店〉の主人ではなく、〈秋人捜し《DSM》センター〉の所長であった。

　今日の予定はとパソコンを叩いたところへ、チャイムが鳴った。

　妖糸《ようし》が飛んだ。

　千分の一ミクロンのチタン鋼の糸は、せつらの指先の神技で床を這《は》い、三和土《たたき》へ下りて、ドアと床の隙間《すきま》から、外に立つ人間に音もなく忍び寄り、絡《から》みついて、その風貌や体調までも伝えるのであった。

　六畳間——ＤＳＭセンターのオフィス——で、

「どーも」

　と不平面《づら》で頭を下げたのは、天然記念物もののアフロヘアに柄《がら》の悪いポロシャツとジーンズ、喧嘩も気も弱いくせに眼つきだけは悪いという、族上がりか真っ最中のチンピラであった。

「クリスと呼んでくれや」

「本名？」

「…………」

「ま、どーぞ」

せつらと眼を合わせようとしないのは、美貌について知っているわけではなく、それが習《なら》い性《しょう》なのだ。まともなコミュニケーションが取れない——というか耐えられないのである。

「正直に答えられる?」

とせつらは少しうんざりしながら訊いた。

「ウッス」

つぶれたような声である。もとは高いのを無理に殺しているのだとすぐわかる。しかも、ただひとことなのに、舌がもつれている。

「麻薬《クスリ》、飲《や》ってる?」

「昔。今は全然《ぜんじえん》」

また、もつれた。

「ここ何処だかわかる?」

「おお。人捜《しゃが》し屋じゃ」

もつれにもつれているなと思った。

「用件を訊こう」

「おお。あれだ」

パチンと膝を叩いて、それっきり出て来ない。宙を仰いだ顔がそれなりに焦《あせ》っているのは、記憶を辿《たど》るのに懸命なのだろうが、ここが何処かも忘れてしまったらしい。

「誰を捜す?」

せつらが助け船を出した。少し置いて、

「そうだ! 姉貴《あねき》だ、姉貴を捜してくれえ!」

悪魔の化粧《メイク》をして手には鎖《チェーン》とトゲ付き棍棒《こんぼう》をもったスキンヘッドの女をせつらは想像した。

「こ、これだ。これを読んでくれ」

チンピラはジーンズのポケットから茶封筒を取り出してせつらの前に置いた。

「失礼」

せつらは中身を卓袱台《ちゃぶだい》の上に出した。サービス判の写真が一葉《いちよう》と破り取ったレポート用紙が一枚。

写真を見た。

幾らなんでも、と胸の中でつぶやいた。

ふっくらとした、蒸《ふ》かし器から取り出したばかりの肉マンかアンマンみたいな娘が、こちらを向いてVサインを作っている。

Tシャツとサロペットの上の顔は、邪気のない笑《え》みを湛《たた》えていた。

麻薬のせいで土気《つちけ》色の顔へ眼を戻して、

「本当《ほんと》の姉さん？」

と訊いた。男は眼を剝《む》いた。

「見りゃわかるだろ。そっくりじゃねえか!?」

「はあ」

写真の裏に日付と名前があった。

一年と二カ月ばかり前、自宅の前で撮影したものだ。

「名前は、暮色《くれいろ》むつみ？」

「あ。偽名だ。本名は木村多良子《きむらたらこ》。おれは勘吉《かんきち》だ」

「それはそれは。で？」

こう訊いたとき、すでに異常は生じていた。


勘吉の身体《からだ》が小刻《こきざ》みに震え出したのだ。

切れたな、と思った。

「わわわわリイがおおおれはこここここれでいいいいくわ。ああああとははははよろしくくくくく」

「どちらへ？」

「ししししごととととだ」

「気をつけて」

「どどどどうもももも」

奇跡的に倒れもせずに三和土へ下り、ドアが閉まると、せつらは卓袱台の上を見た。

レポート用紙と写真の他にもう一枚――キャッシュ・カードだった。

検索器にかけると、残額は五〇〇〇円だった。麻薬が効いているときに同封したのだろう。

「やる気はある」

五〇〇〇円でどうなるわけでもない。当人は一〇〇万円も気張《きば》ったつもりでいるだろう。

自分のカードと同じように、せつらはそれをカード入れに収めた。

勘吉は外へ出るとすぐ、〈秋せんべい店〉前の路上で麻薬を射《う》つことにした。車も人もいない。

左袖《そで》をめくり上げ、ゴム管できつく血管を浮き上がらせた手際《てぎわ》は、発作《ほっさ》の只中《ただなか》にある男にしてはなかなかのものであった。

無痛注射器をふり上げたとき、〈新宿駅〉の方からやって来た黒いリムジンが二台、彼の前に止まった。

ドアが開くのも待っていられないという勢いで、黒いスーツの男たちがとび下り、勘吉を引き立てた。

「何しやがるんだ」

「黙《だま》ってこい。三下《さんした》の分際《ぶんざい》で、てめえのしでかしたこと忘れてやしねえよな」

勘吉は摑まれた手をもぎ放し、いきなり土下座《どげざ》するや、額《ひたい》をアスファルトにこすりつけた。

「頼む、助けてくれ」

「ふざけるな、このチクリ野郎」

「親父《おやじ》が牙《きば》剝いてるぞ」

男たちは蹴《け》りに移った。

勘吉はみるみる顔の形を変えた。

「やめてくれ。切れる」

せつらが通りへ出て来たのは、このひとことを聞いてすぐである。いわくありげな依頼人に巻きついた妖糸は、路上での乱闘を余すところなく伝えて来たが——通りに勘吉の姿はなかった。

奇跡的に無事な街灯が、人っ子ひとりいない歩道を寂《さび》しく照らし出していた。

木村勘吉とその捕獲《ほかく》者たちは、数秒のうちに、車ごとこの世界から姿を消してしまったのだ。

3

義務教育というのが本当に行なわれているのか疑いを持ちたくなるような金釘《かなくぎ》流のレポートであった。

それによれば、暮色むつみこと木村多良子は、〈区外〉でタレントを夢みたが、行く先々の芸能オフィスで、

「コメディならいいかも」

と言われつづけて逆上、

「シリアス・ドラマに出てやる」

と叫んで〈新宿〉へ消えたという。

この辺の事情をクリスこと勘吉くんのレポートから引用すると、

〝どう見たって、姉きがタレントになれるわけがねー。よう地円のころから、なるなるってさわいでたから、オヤジもおふくろもつかれはてちまって、〈新じゅく〉へいったときは、ほっとしたと思うぜ。おれはそんときはもう、〈新じゅく〉へきてた。一三のときだ。おふくろがおれんとこへれんらくをよこした。少しは姉きのことを心ぱいしてたのかもしれねえな。ちょう左ひ用がいるぜといったら、ゼニおくってきたから、おれも本きでさがしたよ。ところが、やべえ仕ごとが入ってきちまった。それどころじゃなくなっちまった。で、あんたのところへきてみたんだ。姉きだけは、うちで一ばんまともなんだ。なんとかしてやってくれ。おれがあたったところじゃ、〈カブキチョー〉のナン台ってげいのーじむ所があやしい。はっこう組ってやくざがやってるんだ。姉きはそこへいってきえちまった。人しんばいばいや、ぞうきをうったりしてるのはまちがいねえ。しらべるにはじかんがかかりそうなんでよろしくたのむぜ〟

「芸能事務所〝南台《なんだい》〟」

と、ドアのすりガラスに大書《たいしょ》されたのは、飾り文字であった。イカれたタレント志望が一〇〇人も見れば、特にイカれたひとりか二人が、あら洒落《しゃれ》てるわと、好印象を抱《いだ》くかも知れない。

ノックすると、温和で生真面目《きまじめ》そうな若い顔が現われた。白いシャツに地味なネクタイ。最初が肝心《かんじん》というわけだ。

顔の内側からみるみる生《き》の驚きがせり出して来た。

「あ、あんた——タレント志望かい？」

「いえ。タレント志望について訊きたくて、ちょっと」

「いいとも——いいから入んな。何でも話してやる。ノウハウだって一から教えるぜ」

十畳《じゅうじょう》ほどのオフィスには他に四人の男女がいた。パソコンも揃《そろ》っているが、経理らしい年配の女性以外は、キイの意味がわかっているかどうかも怪しい雰囲気《ふんいき》と顔つきの連中ばかりである。少しまともな訪問者なら、ここで危《やば》いと思うだろう。

最初の男はマネージャーの根室《ねむろ》と名乗り、せっつらに椅子をすすめると、うちの専属になれと口説《くど》きはじめた。

兎《うさぎ》を見つけた餓狼《がろう》のように、他の男たちも集合し、社長の竹中《たけなか》が営業チーフの館林《たてばやし》とやらに命じて、契約書をテーブルに広げた。

「さ、ここにサインすればいいから。これで君は明日からうちのトップ・タレントだ」

と竹中が顔中を口にして喚《わめ》き、館林も、

「〈新宿TV〉だろうが、〈魔界都市ジャーナル〉だろうが、あんたなら今日これからでも登場できる。いや、〈区外〉の大手TV局だって一発だ。うちは全面的にバックアップするよ」

「八光《はっこう》組の力を借りて？」

餓狼どもの顔が小狡《こずる》いキツネに化けた。

「てめえ——何者《なにもん》だ？」

と根室が呻《うめ》いた。両眼が吊《つ》り上がり、歯を剝いた悪鬼の形相《ぎょうそう》である。それでも、何処かゆるんでいるのは、サングラス付きとはいえ、秋せつらの美貌の魔力であった。

「訊きたいことがあって来た」

せつらはテーブルの上に、勘吉から預かった写真を置いた。

「なんでえ、このお多福《たふく》?」

と竹中が眉をひそめた。あとの二人がはっとした表情になるのを、せつらは見逃さなかった。

「こちらへお邪魔したタレント志望の娘さんです。本名は木村多良子。ひょっとしたら、暮色むつみと名乗ったかも知れません」

「知らねえな」

根室がシラを切った。やくざ丸出しである。

「本当に?」

とせつら。館林が受けた。

「ああ。気の毒にな。それより、おめえ探偵屋か?いまこの場で廃業して、うちのタレントに登録しろや。いい目見られるぜえ」

「おい」

竹中が首を傾げた。気がついたらしい。あることに。

「いいから社長は黙ってて下さい。見て下さいよ、この色男ぶり。サングラスを取ったら、どんな遣《や》り手婆《てばば》あでも、因業《いんごう》な金貸しでも一発で落ちます。タレントどころか、こいつはとんでもねえ人たらしの金の卵ですよ」

「——しかし……」

「おい、兄さん、グラサンを外しな」

根室が右手を上衣《うわぎ》の内側に入れた。

「取ってもいいな?」

「ああ、いいとも。おめえの本当の値打ちを測《はか》ってやるぜ」

「廃業するよ」

「そうとも、おめえは今日からうちのタレント第一号だ」

「勘違い」

「なにィ？」

と凄む餓狼の前で、織手《せんしゅ》がサングラスにかかった。

「やめろ！」

竹中がその手にとびかかったが、遅かった。

彼らは秋せつらを見てしまったのだ。

それは、ヨルダン川のほとりでナザレの人を見たペリシテ人の驚きでもあったろうか。

三人はその場に――ソファに、床に、へたりこんでしまった。

「彼女は何処に行きました？」

とせつらは館林を見つめた。ここへ来たと決めている。

「うちじゃ使えねえ」

と営業部のチーフは言った。主よ、と言い出しかねない恍惚の表情であった。

「タレントとしては、これっぱかりの見込みもなかった。だから――」

「――だから？」

「しゃべるな、館林！」

竹中が喚いた。うっとりと。

「憶《おも》い出した。こいつはもう、おれたちを処分するつもりだ。脅《おど》しちまったからな。おい、交換条件といこう。このでぶの居場所を教えてやる代わりに、おれには一切手を出すな」

「このお二人はいいんですか？」

「とりあえず、おれだ」

「いいでしょう」

せつらは左手を上げた。

「その娘は、〈久恒《ひさつね》医院〉にいる」

「ははあん」

聞き覚えがあった。腕のいい外科病院という評判の裏で、生体解剖やら臓器売買に励《はげ》んでいると誰もが知っている。その筋の手が入らないのは証拠がないのと、多額の違法献金の力だ。

「ちなみに、どう言いくるめたんです？」

「整形すれば――売れる、と」

竹中は額の汗を拭った。

「わかりました。ご協力ありがとう」

せつらは立ち上がり、軽く会釈《えしゃく》をしてドアの方へと歩き出した。

「待ちやがれ」

根室が右手をせつらに向けた。衝撃波銃《スタンガン》である。最大パワーで射てば、人間の頭など赤い霧と化す。

竹中はもう止めなかった。

根室の腕が肘から落ちても、気の毒とも思わなかった。〈新宿〉の化身《けしん》に武器を向ける莫迦など、どうにでもなるがいい。気になるのは、血の海になった床の掃除費用は誰が持つ？

「どーも」

閉じられたドアが、社員の絶叫を断ち切った。


「あン、やめて、先生」

女は白衣の前からのぞく白いブラを両手で隠すと身悶《みもだ》えした。

なおも、それをずらそうと苦闘しながら、

「今日はおかしいぞ、光枝《みつえ》。いや、前からだ。おまえ――男が出来たな」

責めはじめたのは、細面《ほそおもて》で長髪の白衣姿であった。女のほうも同じなので、医師と看護師だとわかる。二人は薬品を並べた納戸《なんど》にいた。

「そんなことありません。今日はそんな気分になれないの」

「ブラも白でパンティも普通の形か。女房としてるんじゃねえぞ」

医者は女を後ろ向きにしたまま、ナイロンの布を下ろした。

「やめて」

「パンティはだせえが、ケツは変わらねえ。相変わらず美味《うま》そうだぜ」

「まだお昼休み前よ。患者さん残ってます。あ」

久恒は立ったまま突き入れた。そのまま、がむしゃらに動き出す。

光枝はすぐに声を立てはじめた。

「いいぞ。もっと叫ぶんだ」

「やめて……ああ……聞こえるわよ」

「それがいいんだよ。おまえの声を聞きゃ、何をしてるかわかる。そこへおまえが白衣姿で出てくと、みんな途方もなく助平《すけべ》ったらしい眼つきでおまえを見る。みんな、おまえの裸と、やってるとこを想像してるんだ。おれはそんな空気を感じるのが堪らねえのさ」

「変態。ああ……」

「さ、正直にしゃべるんだ。男が出来たな？　どうなんだよ？」

「あ……ああ……出来た……わよ」

「やっぱりか、この野郎——この口でよくも言いやがったな」

久恒は光枝をこちら向きにして、両肩を押した。興奮した顔が跪《ひざまず》く。久恒が突き出すと、すぐ口にした。

濃密な時間が続いた。

携帯が鳴った。放《はな》つ寸前だった。

「莫迦野郎」

久恒は罵って続けた。

呼び出し音が鳴る前に放った。

急いで出ると、受付を任せてある妻の声が、

「お客さまよ」

その恍惚たる響きに久恒は萎《な》えた。

患者じゃないのか、と訊くと違うと言う。

「早く会ってあげて。でないと別れるわ」

本気の声であった。魔物でも来たのかと思った。

魔には違いなかった。魔人であった。それも美しい。

応接室でその顔を見た途端、不機嫌な表情も気分も吹っとんだ。世界のあらゆることが脳裡《のうり》から消え

たあとに、ソファにかけた客の美貌だけが残った。

　客は秋せつらと名乗って一枚の写真を取り出した。

「見覚えが？」

　かろうじて、いや、と応じた。

「何かの間違いだろう。全く記憶にない」

「それはそれは」

　と秋せつらは、茫洋《ぼうよう》と口にした。

「失礼ですけど、夫婦仲はあまり？」

　久恒は眼を剝いた。

「無関係だろ。おかしなことを言うな」

「なら、これ聞かせてもいいですね」

　せつらはコートの内ポケットから一枚の黒いカードを取り出し、テーブルの上に乗せた。人さし指の先で表面を軽くつつくと、薬品置き場での、猥語《わいご》が流れはじめた。妖糸の仕業であった。

「奥さまはどちらに？」

　きょろきょろと見廻すせつらに、

「わかった。教える！」

　と久恒医師は歯を剝いて叫んだ。

第二章　チェンジ

1

梶原〈区長〉は、自分のアイディアにご満悦《まんえつ》であった。

全〈区民〉参加のビューティ・コンテスト。しかも、審査員は秋せつらとドクター・メフィストと来た。身《み》の程《ほど》知らずどもが我先にと押し寄せ、あの二人に自分の美を認めさせるべく艶《えん》を競うだろう。

あとは出場料を幾らにするかだけだ。

順当なのは五〇〇〇くらいだろうか。今回は一万はイケる。いや、五万でも。それが五〇人、いや一〇〇人になれば五〇〇万。勿論《もちろん》、こんなものは微々たる数字だ。出演者どもの馬面《うまづら》と大根足《だいこんあし》を映す代わりに、別のカメラを審査員席に向けっ放しにして、〈区外〉へ売込みをかけてやる。〈新宿〉一の美貌の主が二人だぞ。一億だって売れる。当然、〈区外〉のグラビア雑誌やら婦人雑誌やらの取材と撮影申し込みが殺到するだろう。おお、TVもいる。ひょっとしたら、アニメや映画化の話も舞い込んでくるかも知れない。

「ひっひっひ」

梶原の声も頭の中も山吹《やまぶき》色に染まっていた。

「面会希望です」

秘書の横山智美《よこやまともみ》の困惑し切った声がインターフォンから流れても、それは変わらなかった。

「今日のスケジュールは一杯のはずだ。明日にしてもらいたまえ」

「それが――〈〝新宿〟平等委員会〉の会長さん――藤沢恵美子《ふじさわえみこ》さんです」

「――!?」

「どうなさいますか」

梶原はすぐ返事が出来なかった。〈〝新宿〟平等委員会〉――〈魔界都市〉最大の圧力団体だ。〈区役所〉最大の敵で何度となく煮え湯を呑《の》まされている。

今の今までこの強敵のことをすっかり失念していたとは。

「通したまえ」

と命じた。

「よろしいんですか？」

「NOと言ってどうなる？」

「それは——そうです」

「なら、早いとこ片づけてしまおう。通したまえ」

程なく、応接室で梶原は藤沢恵美子と対峙《たいじ》していた。他に三人いる。みな、〈平等委員会〉の幹部たちであった。

用件はずばり——今回のコンテストの中止要請であった。

「しかし、これはあくまでも〈区〉の発展と経済的収益を目的としたイベントでして、中止に足る理由が見当たりませんな」

「目的は立派です」

と恵美子はうなずいた。豊かな乳房が、ぶるんと揺れた。世界一小憎《こにく》らしい相手なのに、つい見とれてしまう。それくらい立派だ。問題は恵美子のほうも、充分におっぱい効果を知っていて、それを駆使《くし》する術《すべ》を心得ていることだった。

「ですが、ビューティ・コンテストというのは、どう考えても、平等の精神に反しますね。その点をどうお考えですの？」

「女性が美しさを競うのがですかな？」

「美しさは問題ではありません。競うこと自体が平等に反するとお考えになりませんか？」

「残念ですが」

思いませんなあと言ってやりたいところだが、話がこじれるばかりだ。

「女性が美を競うのはすこぶる当然の現象と存じますが。それに、出場は自由意志です。強制はしておりません」

「つまり、出られずに涙を呑む女性が山程いるということです」

「失礼だが――出場したければ」

「〈区長〉さん、私が申し上げているのは微妙な乙《おと》女《め》ごころに関してです。出たくても諦めざるを得ないという悲しい心情です」

だからどうした？　と梶原は思った。そんなもの、コンテストが終われば一発で収まる。おれよりあいつの方が給料がいいのは、どういうわけだ、というわけだ。ちょっと違うかも知れんが、大方《おおかた》は似たようなものだ。美人コンテストが開かれるせいで、自殺した女なんかいるものか。

「心情はよくわかります」

梶原はしみじみとうなずいた。

「しかし、私どものところへは、〈区民〉の七割に相当する数の手紙や書き込みが殺到しております。そのすべてが、今回のコンテストを讃美《さんび》するものでして」

「――すると、虐《しいた》げられた女性の苦しみを無視して、一部の特権エリートによる独善的な競技を開催なさるとおっしゃるのですわね？」

「うーむ。そういう声が届いてはおりませんのでねえ」

と梶原は天井を仰いだ。ここはとぼけて通すべきだ。同時に不安もあった。筋で押していけば、必ずぶつかる。どちらかが折れるまで言葉による刀槍《とうそう》の戦いが続き、どちらも絶対に折れまい。

ところが、

「わかりました。ではもうお願いいたしません」

「は？」

意外な結末に梶原の胸には安堵《あんど》よりも驚きが広がった。

「どうしてもおやりになるのならお好きなように。ただし、わたしたちにも考えがございます」

「も少し話し合いませんか？」

「いえ、結構。さ、皆さん失礼いたしましょう」

女たちが去ると、副区長の外村《とむら》が顔を出した。

「聴《き》いとったかね」

梶原が訊くと、外村はへえへえとうなずき、

「あれは厄介《やっかい》ですぞ、区長。美に関する女の心理というのは、飢《う》えた虎《とら》の生肉に対するそれに似ております」

「おれもそう思う」

梶原は、ざっくばらんな物言いをした。

「かと言って、手の打ちようもないしなあ」

外村は口をへの字に曲げた梶原の顔をチラと見て、

「いやあ、困りましたな。打つ手はない、打つ手はない」

ぶつぶつ言いながら窓の外を覗《のぞ》いて、

「これから開催まで、有形無形の圧力がかかって参りますぞ。覚悟しておかねばなりません」

「わかっとる。しかし、美人を決めるのになぜ女どもは怒るのだ？」

「そら、自分が一番になりたいからですがな」

「うーむ」

梶原は腕組みして、うなずいた。

何にせよ、〈魔界都市〉あげての一大プロジェクトが、新たな障害にぶつかったのは、確かなようであった。


エレベーターを下りてすぐ、せつらは一〇九号室へ妖糸を侵入させた。

危《やば》い、と思った。

相手は窓へと右手を向けたところであった。四〇年配の実直そうな男だ。酔っている。テーブルにはウイスキーの瓶《びん》とグラスが並んでいた。握っているのは――拳銃だ。

――とび下り自殺？

わざわざとび下りるより、その拳銃で頭でも射ち抜けば済むが、個人の趣味だ。仕方がない。

妖糸が全身を縛《しば》りつけるより早く、ちっぽけな弾丸は窓ガラスにひびを走らせ、男はきらめく破片とともにとび下りた。

妖糸が出遅れた原因は明らかだった。

縛りつけようとした途端に感知した凄《すさ》まじい恐怖――狂った精神を肉体が伝えたのだ。〇・一秒、せつらの指示は遅れ、男は望みを叶《かな》えたのであった。

「大野幹夫《おおのみきお》」

とせつらは胸の中でつぶやいた。

「なぜ、死ぬ必要があった？　そんなに死にたかったのかな？」

それは、外道《げどう》の医師から教えられた何人かの名前と住所をもとに辿《たど》り着いた。暮色むつみこと木村多良子の恋人の名前であった。


藤沢拓《たく》は午後四時に業者との打ち合わせを終えて、〈歌舞伎町〉にある「エドモン・ホテル」のレストランを出た。

業者は夕食《ディナー》とクラブでの一杯に移ったが、今夜は帰らねばと断わった。職安から新しい家政婦が面接に来るから必ず帰ってと妻から厳命《げんめい》されていたのである。

そんなもの、おまえがやれと突っぱねられればいいのだが、彼が経営――というか、社長室にすわっていれば、後は有能な社員が全てをうまくこなしてくれる中クラスのイベント会社は、妻の父から譲渡されたものだ。しかも、寸足らずででぶのくせに、趣味は空手――とても女とは思えない上に、自他ともに認める醜女《しこめ》だから、まともに議論する気も起こらない――というより出来ないのであった。

とにかく、一応社長だから、近くの駐車場に停《と》めてある自家用車をレストランの前へ廻せと運転手に連絡を取って、店を出た途端、眼の前に人間とガラスの破片が落ちて来た。

ゴム製のごとく跳ね上がってもう一遍《いっぺん》叩きつけられた身体を呆然《ぼうぜん》と見つめてから、店の上階――ホテルの窓を見上げたが、一〇階建てのどの窓から落ちたのかもはっきりせず、警察が来る前にと、折り良く到着したベンツに乗りこんで、藤沢はさっさと、人の集まって来た現場を離れた。

〈神楽坂《かぐらざか》〉の住宅街に建つ家へ戻ると、妻と家政婦が待っていた。

居間でひと目見た瞬間、まずい、と思った。

まるでモデルだ。それも日本のグラビア・レベルじゃない。世界コンテストに出しても、だんとつトップは間違いない美女だ。おまけにボディはイタリアか南米——ラテン系のグラマーと来ている。

それまで尋常《じんじょう》の雰囲気だった妻が、じろりとこちらを見上げて、

「こちら、職安からいらした真木《まき》みち子《こ》さん。まだ一九歳だそうよ」

「そうか——藤沢です。ひとつよろしく」

頭を下げたとき、必死で顔のこわばりを消そうと筋肉を動かした。さぞや助平ったらしく笑ってるに違いない。

うまくやった、と思いながらも、すでに諦めの念が湧いていた。女房が雇うはずがない。藤沢の性格を考えれば最も遠ざけるべき相手のはずだ。

「いかが？」

と妻が訊いた。藤沢は驚いた。何の含みもない普通の口調だったからだ。

「あなたさえ良ければ、私は構いませんよ。今まで話してみたらいい方だし、ご家族は北海道で殆《ほとん》ど没交渉《ぼっこうしょう》だというから、お休みも少ないでしょう。——どうかして？」

「いや」

と応じるまで少し間があった。

「おまえが細《こま》かいことを聞いた上で承知したんなら、私は構わん。よろしくお願いする」

女——真木みち子は、喜びに溢《あふ》れた表情で、

「よろしくお願いします」

と頭を下げた。藤沢も会釈《えしゃく》し、顔を上げたとき、みち子の顔を見た。身の毛がよだった。向こうもこちらを見つめていた。

同じ眼つきをしている、と藤沢は確信した。

「じゃあ、今日からお願いしましょう。お部屋はこっちよ」

と妻が立ち上がった。

こいつの腹の中は？　藤沢はにこやかにそれを探《さぐ》ろうとしたが、最後は察しをつけるしかなかった。

その深更《しんこう》のことである。

藤沢はベッドから身を起こした。妻は眠っている。いちばん深い時間だと経験でわかっている。

足音を忍ばせて、廊下へ出た。かなり広い家の中を滑《すべ》るように西の一室の前に辿り着いた。

闇の中で二秒ほど待ち、ドアノブを廻した。

鍵はかかっていなかった。

藤沢は内部《なか》に入った。

六畳間にベッドと作りつけのクローゼットがある。

みち子はベッドにいなかった。

床の上に横たわっていた。

全裸の白い肉が。

臭いが鼻孔《びこう》をくすぐった。

肉の臭いだと言ってもいい。脂肪でも皮膚でもない。生きている肉から噴き出す欲情だ。

「あら、ご主人――何でしょう、こんな時間に？」

投げ出されていたみち子の手は、ゆっくりと乳房と秘所に当てがわれた。

ドアを閉め、藤沢は一歩踏み込んだ。

「家に慣れないとなかなか眠れないものだ。それで心配になってな」

自分の声が、ひどく遠くで聞こえた。嘘をついているからだ。

「あら、ありがとうございます」

みち子は笑った。かすかだが、たっぷりと情欲がたぎった笑みである。舌舐めずりがそれに輪をかけた。

「でも、もう大丈夫です。お寝《やす》みなさい」

妖《あや》しく腰がひねられ、太腿《ふともも》が位置を変えた。お寝みなんかさせないわよ、と言っているのだった。

「いいや、寝つかれないと思う」

藤沢は若い裸身のかたわらに近づいて、見下ろした。乳の隆起《りゅうき》や腰のくびれと尻の張り出しぶりよりも、ひとりの女が全裸でそこに横たわっていることが下半身を固めていた。

「眠れるようにしてあげる」

藤沢が膝をついてささやいた。

「あら。いけませんわ」

乳房にのびて来た手を、ねっとりと凝視《ぎょうし》しながらみち子は好きにさせた。

2

藤沢はいじりはじめた。

「――いいんですか、はじめての日からこんな風《ふう》になって？　奥さまが見てるかも知れないわ」

「あんなチビブタ――女房だが、人間じゃないさ。チビでデブでブス。趣味は空手と来てる。どこが女だ？」

「じゃあ、結婚した理由は？　お金？」

みち子の声は嗄《かす》れていた。雇《やと》い主《ぬし》の指が乳首をこすっている。

「ほれ」

少し力を入れて藤沢はひねった。みち子は短く喘《あえ》いだ。

「ほおら、もう硬く立ってる。眠り易《やす》くなった証拠だ」

「見て」

みち子は右手を動かしはじめた。それが潜《ひそ》んだ黒い毛並みの奥から、濡《ぬ》れた音が溢れてきた。

「見てるとも。おまえが取ったのは最良の手段だ。もっと見せてくれ。聞かせてくれ」

声もなくのけぞった身体は弓なりになって、孤独な作業に励む部分を藤沢の方に持ち上げた。

「ほおら」

藤沢は自分の指も加えた。熱い汁が女の果肉を溶かしたように、指は根元まで潜《もぐ》りこんだ。

女は藤沢に任せてその首に白い腕を巻いた。

「来て」

とささやいた。

すでに藤沢は右の乳房を頬張《ほおば》っていた。

「いいんですか？」

みち子がまた訊いた。

「何がだ？」

乳房から離れて訊き返す。

「奥さん――見てるかも」

「構うもんか。そう考えてた方が燃える」

「こう見えても、厄介な女ですよ、あたし。ひょっとしたら、奥さんより」

「あの女房と三〇年も一緒にいるんだ。どんな女にも耐性《たいせい》はついてるよ」

藤沢は唇を吸おうと近づいたが、みち子は嘲《あざけ》るような笑みを浮かべて、彼の肩越しに眼配《めくば》せした。

戦慄《せんりつ》が骨すじを貫《つらぬ》き、藤沢はふり向いた。

誰もいない。戸口もドアもそのままだ。

しばらく眺めてから、

「いたか？」

みち子に訊いた。

「さあ」

このとき、藤沢はまだドアの方を見ていたので、みち子が浮かべた表情に気がつかなかった。

さぞや、身の毛がよだったであろうに。

「いかんな。戻るぞ」

立ち上がろうとするその腰を女の白い腕が巻いた。

「まずい。あいつに気づかれたら、おしまいだ。殺しでもしなければ、大変なことになる」

「それは後で考えて、ご主人さま。今大切なのは――」

藤沢の腰にすがりついた形で、みち子は上体を立てた。

「もうよせ、駄目だ。ほら、こいつも元気がない」

藤沢は股間を撫《な》でた。

みち子が視線を移した。

「そうね。でも」

繊指《せんし》がパジャマのズボンを下ろすのを、藤沢は見つめた。

驚いた。

こわばりはじめている。復活のときか。

みち子が摑んだとき、藤沢はそそり立った。

「これは——信じられん」

「あたしも。こんなに大きい人、はじめて」

「触れられただけでこんな——おい、続けてくれ」

「——何を?」

みち子の眼が糸のようになった。

「決まってる、ほれ」

藤沢は怒張《どちょう》している器官を摑んで突きつけた。

内側に漲《みなぎ》る欲情が肉を熱くしていた。


「ほおら、やっぱり、ね」

みち子は弄《いら》うように言って、ゆっくりと含んだ。

眼が異様な光を放っている。

身体に隠れて見えないはずのその光と同じものを両眼に湛えて、恵美子はドアの隙間から身を離した。

夫の行為は結婚した翌日から見越していたものである。みち子をひと目見たときから、それはわかっていた。

数年前から思っていた潮《しお》どきが、ついにやって来た。

恵美子は足音を忍ばせて部屋へ戻ってから、指輪型の盗撮用ビデオカメラを壁に向けて再生した。

濃厚なシーンが鮮明に映し出され、恵美子は満足した。

すぐ切るつもりだった。

画面は消えなかった。

美貌で肉感的な使用人が、六〇近い下膨《しもぶく》れの主人のものを口で愉《たの》しませている。

じゅるじゅると再生される音が堪らなかった。あの美女の厚めの唇が、夫の器官を吸いこんで、その端から涎《よだれ》を垂《た》らしている。

恵美子は、溺《おぼ》れた者のように、短く息を吐いた。

これだけでも充分そうだが、女に誘惑されてつい、と抗弁されたら完璧とはいえない。少なくともあと二回はこんな絵が欲《ほ》しい。

カメラを切って、恵美子は鏡の前へ行った。結婚してすぐ、夫が友人に洩らしたひとことが、合唱のように甦《よみがえ》ってきた。

どん亀。

――そうかも知れないわ。でも、亀って顎《あご》の力が強いのよ、スッポンの親戚だから。嚙《か》みついたら死ぬまで離れないわ。一文無《いちもんな》しにした上、慰謝料もたっぷり取って放り出してやる。

呼吸が荒くなって来た。恵美子は右の拳《こぶし》を撫でた。つけ根の関節が異常に盛り上がっている。拳《けん》だこだ。普通、女子はこれを嫌がって男のように巻き藁《わら》を突いたりはしないが、恵美子は別であった。一〇年以上突きつづけた。その結果が、
どん亀。

鏡に映った自分から恵美子は眼をそらした。頬を熱いものが伝わった。

そのとき、ドアが開いた。

みち子が立っていた。

「……何よ、あなた、失礼じゃないの」

「ご主人に言われて来ました」

みち子は前へ出た。

なぜ全裸なのよ、と恵美子は一応考え、すぐに結論を出した。

決まっている、自分を打ちのめすためだ。実戦空手の女子部三段で、ずんぐりした、手も足も短い女を、得意の上段突きも出させずに圧倒するためだ。

かがやく肉体は、五〇センチほど手前で立ち止ま

った。

「――用は……なに?」

「あなたに死んで欲しい、と」

「あの夫《ひと》が言ったの?」

「いいえ。でも、わかります」

「あなた……お芝居でもしてるつもり?」

「ご主人は、あなたの死体を妖物に食べさせて処理するつもりです。近くに〈第二級危険地帯《デンジャラス・ゾーン》〉がありますからね。替え玉なら〈歌舞伎町〉へ行けば、幾らでも手に入る。私はひと月くらいここにいてから暇を出して貰《もら》います。ホントに便利な町だわ」

「怖い女ね」

「ええ。別れ話を持ち出したら相手がゴネたので、軽く脅《おど》かしました。多分、自殺したでしょ」

恵美子は、相手が右手を背中に廻していることに気がつかなかった。

みち子が隠していたのは、この家へ来る途中で買った安物の拳銃《フライデイ・ナイト・スペシャル》だったが、急所に当たれば即死させるだけのパワーは有していた。そして、みち子は自分でも驚いたほど射撃が上手《うま》かった。

その深更――一台の国産車が〈歌舞伎町〉の〈大久保《おおくぼ》病院〉跡地へ入った。〈魔震〉で倒壊した建物は結局、再建されず、公園となり、ジャングル・ジムや砂場、ブランコ、シーソーといった年代ものの遊具の他に、安全な迷路も作られて、昼も夜も人気を博している。

車からは二人の男女が下り、どちらも両手に黒いビニールで包まれた人間の胴ほどの荷物を下げていた。

周囲の木立ちは五メートル以上もあり、ビルの光も見えないほど密集している。二人は二四時間開放中の地下迷路の入口から入った。大人も子供も楽しめる、がモットーだから、手抜きはしていない。鉄の階段を二〇段下りると、広い廊下に出た。天井の明りが周囲の白を際立てている。ペンキだ。

迷路は幾つもの通路で構成され、五感を狂わせて人を不安に陥《おとしい》れる仕掛けだ。右へ曲がったはずが実は左だったり、下りた階段の途中で気がつくと上がっていくところだったりする。

二人が迷ったかどうかはわからない。少なくとも足取りは変わらなかった。時々、男の方が立ち止まり、荷物を下ろして深呼吸し、腕を揉《も》んだりした。

何度か廊下を曲がり、それが正しい行為かどうか、気にもしなかった。

急に色彩《いろ》が変わった。

灰色のコンクリートは打ちっ放しのまま二人を囲んでいた。照明は裸電球に変わっていた。

二人は足下を見つめていた。マンホールそっくりの蓋《ふた》だった。男が真ん中の錆《さ》びたハンドルを廻した。最初はびくともしなかった。二度目で少し廻った。男はいったん手を休め、額の汗を拭《ふ》いてから三度目に移った。

それでもなかなか言うことをきかない鉄の輪をなんとか一回転させて、男は蓋を持ち上げ、内部《なか》を覗きこんだ。

上昇してきた空気が、ひんやりと顔に当たった。天井の裸電球が三、四メートル下のコンクリ床を、なんとか照らしている。

男が女の方を見た。どちらも何も言わなかった。男は眼を地下へ戻し、運んで来たビニール袋を続けて落とした。何の思い入れもない動きだった。鈍《にぶ》い音が上がって来た。

女が自分の分を押しやった。それも落とした。こちらは両方とも小さく、細長い形をしていた。四個の荷物を落とし了《お》えても、男は念を押すように眼を離さなかった。

だるい光の下で、時間が過ぎていった。

三〇分以上経《た》ってから、地下の床に影が生じた。足音はしない。影は四《よ》つん這《ば》いの人間になった。衣《い》裳《しょう》はつけていない。髪もない。電球のせいか、ひどく嫌な色を帯びていた。ひとり、ふたり……さんにん……よにん……もっといる。

動きは人間よりも獣《けもの》に近かった。ひどく滑らかに、それらは四つの袋の周囲に集まり、声もなく顔を寄せ、手で触れた。異常に長い指先の爪は、伸びてはいるが人間のものであった。

ひとりがビニールに歯をたてた。思い切り首をふった。裂けたビニールの間から、白い胴が見えた。豊かな乳房がついていた。別のひとりがそれにかぶりついた瞬間、男は眼を離して、蓋を閉めた。ハンドルを固く廻してからも男はその姿勢のまま、荒い息を吐きつづけた。

「どうしたの?」

と女が訊いても、男は答えなかった。

眼を離す瞬間、地下のひとりがこちらを見上げた。

その顔には眼がなかった。それでいて、鼻も口も、唇の間からのぞく歯も人間のものに間違いなかった。

地下のトンネルが、いつ出来たものかはわからない。〈魔震〉以前にも存在し、やくざや暴力団の死体の捨て場所になっていたといわれる。

死体のうちのあるものが、息を吹き返し、そこで生きはじめたのかも知れない。食料は何とかなったはずだ。それからどれほどの時間が経ったかは、知るものがいない。どのような姿に変わっていようと、そこにあるのは闇の中の生々しい生命そのものであった。

夜明け少し前、二人を乗せた乗用車が公園を出ると、入れ違いに白いバンが滑りこんで来た。荷台には何かを詰めたギャバジンの塊りが乗っていた。

3

早朝にチャイムが鳴った。

みち子が玄関のモニター・スクリーンを点《つ》けると、三人の屈強な男が立っていた。

暴力団か警察かと思った。

「〈市谷《いちがや》署〉の大村《おおむら》です」

五分《ごぶ》刈りの男がＩＤカードを示したので、どちらかがわかった。

応接室に通し、叩き起こされた藤沢が、まさかという思いを隠しながら出て来ると、大村は開口いちばん、

「大胆なことしでかしましたなあ」

と言った。

「え？」

「〈大久保病院〉の跡地の件ですよ」

刑事はコーヒーをひと口飲《や》って、周囲を見廻した。

「奥さんはどちらですかな？」

「失礼ですが、どういうご用件でしょうか？」

藤沢は怒りを表にあらわした。無実の人間の反応だった。

「奥さんに会わせていただきましょうかね」

「妻は――」

必死で言い訳を捜した。

「――まだ眠っております」

「起こしていただきたいですなあ」

「ご用件を伺《うかが》ってからにしましょう。無理に起こすと機嫌が悪いものですから」

「〈大久保病院〉跡で起きるというわけですかね？」

藤沢の心臓は一瞬停止し、すぐ、がんがん打ちはじめた。

「昨夜――あの辺を廻っていたのですよ」

大村は光る眼で藤沢を見つめた。

「そしたら、あそこから出て来る車が見えたんです。ナンバーも律儀《りちぎ》についておりました。ぴんと来て、ある穴を覗いてみたら、ありましたよ。もう半分食われてましたが、顔はまだ判別できました。あいつらは、ねぐらへ引きずりこんで、ゆっくり食ら

う前に、まず発見場所で口をつける習性があるんです」

大村の口調にはベテラン刑事を疑わせない慣れがあった。

藤沢はひとつ咳払《せきばら》いをして言った。

「正直、何のことか――」

居間のもうひとつのドアが叩かれたのは、そのときだ。

「――あなた、お客さま？　警察の方ですって？」

何とか驚きを顔に出すまいと、藤沢は死闘した。恵美子の声ではないか。心臓が――つぶれる。

大村たちも、はっきりと動揺の顔を見合わせた。

「恵美子か」

藤沢は余裕たっぷりの声を出そうと努めた。合格点だと思った。

「――よくわからない理由でご来訪だ。寝ていなさい」

「いや――お顔を拝見したいですな」


と大村は身を乗り出して言い張った。

「わかりました」

答えたのは、ドアの向こうの声だった。

ドアが開いた。

ずんぐりした身体つきの妻を、藤沢は満足げに――実は呆然と見つめた。

「はじめまして、家内の恵美子です」

「奥さん――しかし……」

大村たちの眼に、凄まじい光が点《とも》った。敗北でも諦めでもない。瞞着《まんちゃく》されてもやり返せない憤怒《ふんぬ》の光芒《こうぼう》であった。それを抑《おさ》えて、

「失礼ですが、奥さん、空手をやられるとか？」

「はい」

「急で失礼ですが、ひとつ拝見できませんか？」

「今ここで？」

さすがに眼を丸くする恵美子へ、

「ええ。五段と伺いました。さぞお強いのでしょうな」

「何でもご存知ですのね」

恵美子はとまどった風に夫を見た。

「刑事さん、いくらなんでも無礼じゃありませんか。こんな早く、連絡もなしでやって来て、おかしな言いがかりをつけるわ、女房に空手の技を見せろと言い出すわ」

「いいのよ、あなた」

恵美子は夫をなだめてから、大村たちの方を見てうなずいた。

「いいですよ。お見せします」

「それはどうも」

大村は腰かけたまま、室内を見廻し、

「おい、矢部《やべ》――そこに立て」

と、藤沢の左脇にあたる一点を示した。恵美子の出て来た戸口に真っすぐつながる。

いちばん若い男が、なんとなく不満そうに従うと、

「こいつはうちの署でもいちばんタフな作りの男です。タフなだけですが、こういう実験台にはもってこいだと思います。思いきり突くなり蹴るなりしてやって下さい」

「ちょっとお、人間相手《ひと》?」

「いいスよ」

「いいっス」

と矢部もゴリラのように胸を叩いてみせた。

恵美子もしげしげとたくましい身体を眺め、

「いいわ。じゃあ、そこに立ってて下さい」

と大きくうなずくと、意外と軽《かろ》やかな足取りで、矢部の前に立った。

「いいかしら?」

「どうぞ」

矢部が胸を叩いた瞬間、恵美子は横蹴りをかけた。

ジーンズをはいた短い足は、目撃者全員が腰を浮かしたほどの速さで男の鳩尾《みぞおち》に吸いこまれ、前にのめった姿勢で戸口のドアに激突させた。

腹を押さえてのたうつのへ、もうひとりの男が駆け寄って何とか上体のみ立たせ、背中に膝を当てて呼吸を整えた。

「失礼しました。もうよろしいかしら?」

押忍《おす》と構えを解《と》くと、恵美子は堂々と応接間を出て行った。

「これで納得していただけましたかな?」

藤沢が憮然《ぶぜん》とした表情に、勝ち誇《ほこ》った声をつけ加えた。


三人が去ると、みち子が戻って来た。

「今のは――おまえか?」

藤沢は信じ難《がた》い面持《おもも》ちで訊いた。

「何のこと?」

みち子は艶然《えんぜん》と笑った。

「でも――また来るわね」

「当然だ。大村というのは本職だが、あとの二人は見覚えがある。二年前、ジャズ・フェスをやったときにも絡んで来たやくざだ。恵美子の死体を見つけたというのは本当だろう」

「あら。なら良く帰ったわねえ」

「おまえの変身ぶりに度肝《どぎも》を抜かれたんだろう。警察沙汰《ざた》になったら困る事情があるんだ。だが、それなら別の形を取ってやって来る。恵美子の死は確認しているわけだからな」

「何と言ってくるかしら? 目的は何よ? お金?」

「多分な」

「それで手を打ったら?」

「やくざが一回で諦めるものか。あっちもこっちも丸く収めるなんて、こっち側の言い分だ。あいつらは尻《けつ》の毛一本残さず抜き取るまでやめやせん」

「藤沢興業の社長の毛なら抜き甲斐《がい》があるんじゃなくて?」

みち子は藤沢の隣に来て、股間に手を置いた。

「入札できそうなんでしょ、今度の『美人コンテスト』？　うまく興行できれば、億は固いんでしょ？」

「さあて」

「とぼけるな」

　みち子は手の中に熱い脈動《みゃくどう》を感じていた。

　ジッパーを外した。

　そそり立ったものが現われると、みち子はジーンズのジッパーを下ろした。それは股間を通りすぎて、背後の腰のすぐ下まで開いた。それから妖しい動きでその上にまたがった。

　最も敏感な部分が、熱く濡れた沼に吸いこまれていく感覚に、藤沢は呻いた。

「おまえ……はいていないのか……？」

「そうよ……脱ぐところが見たい？」

「……凄いぞ……恵美子なんかより……ずうっと……おお、ちぎれてしまいそうだ」

「そうよ……女は……顔だけじゃないのよ……気に入った？」


「勿論だ……おお、もう……もう……」

「まさか、女房が出て来るたあ思わなかった。毒を抜かれちまったぜ」

　車の中で、まず大村が愚痴《ぐち》った。

「まさか空手の真似は出来ねえだろうとたかあくくったら、それもクリアしやがった」

　と、助手席でぐったりとシートにもたれかかってる勝呂を嘲りの眼で眺めた。

「あの女房の顔がもう少し食い残されてたら、それでも強く出られたんだが、ちとひるんじまったな」

「どうせ、変身妖物だろうが——もう一押しすりゃ良かったんじゃねえのか、大村さんよ？」

　大村よりドスの効いた声は、ハンドルを握る、大村よりでかい男である。矢部の兄貴分で櫓《やぐら》という。〈新大久保〉に事務所を持つ〈我羅門《がらもん》組〉の幹部だ。

「今回は速戦即決が勝利のルールだ。あそこで正体を表わせとトラブって警察でも呼ばれたら危《やべ》えことになる。おれは屍《かばね》さんに眼えつけられてるからな」

車内の空気が凍りついた。へたり込んでいた矢部ですら、ぎょっと青白い顔を廻した。

「〝凍らせ屋《スパイン・チラー》〟に眼をつけられてるのか——こりゃあ、ちょっと付き合いを考えさせてもらわにゃならねえな」

櫓の声には、はっきりと造反の響きがあった。

〝凍らせ屋《スパイン・チラー》〟——屍刑四郎《けいしろう》、〈新宿警察〉の死仮面を被《かぶ》った殺人課の刑事と、その愛銃〝ドラム〟の前に、何千人の犯罪者が屍《しかばね》をさらしたか——もはや伝説となっている。この刑事の恐ろしさは、対象が同僚でも、必要とあれば〝ドラム〟の引金《トリガー》を引くことだ。〈新宿警察〉の歴史の中で、署長の交代が二度ほど異常に早かった時期があるが、それは屍のせいだと、暗黙の了解だ。

「大丈夫だ。屍さんはいま〈区外〉へ出張中だ。半月は帰って来ねえ。今週中に藤沢は落としてみせるぜ」

「どうやるんだ？」

「女房を殺した理由は、多分、あの家政婦だ。おれたちが会ったときは平凡なご面相だったが、女房に化けたのは間違いなくあの女だ。だとしたら、どえらい美人にもなれるだろう」

「顔だけじゃなく、肉体《からだ》もかい？」

「〈新宿〉じゃあ珍しい話じゃねえさ。とにかく、近いうちにもう一遍押しかけてみるぜ。勿論、手を打ってからな」

この野郎、大丈夫か？　そんなやくざたちの視線の先で、悪徳刑事は自信たっぷりに笑ってみせた。

〈新大久保駅〉近くの路地前で大村を下ろすと、二人のやくざは事務所へ戻った。

「お帰り」

とまず声をかけてきた相手を見て、まずい、と閃《ひらめ》いた。早すぎる。

「これは——社長。まだ福岡《ふくおか》かと」

動悸《どうき》を抑えながら愛想《あいそ》笑いをすると、相手――〈我羅門組〉組長・我羅門さえは、子分たちでも欲情を抑えつけるのが困難といわれる艶然たる笑顔になった。高価な和服を身につけているだけに、ぞっとするほど色っぽく見える。

「交渉がトントン拍子に進んでね。一日早く帰ってきちまった――ほれ、これで王手《チェック》だよ」

小卓の向こうで、チェスの相手をしていた大学出の若いのが、半分ほっとした表情で頭を下げた。

「お帰りなさい」

こちらも頭を下げる櫓へ、

「小遣《こづか》い稼《かせ》ぎは済んだかい？」

「え？」

「大村と組んでるそうじゃないか。まあいい。二人ともちょっとおいで」

櫓は、へえ、と応じた。この世界へ入ってからはじめての、自信を喪失した返事であった。

第三章　化粧師《メイク》の道理

1

二階の組長室へ入ると、

「いいしのぎだね。しっかりおやり」

と来た。

どう応《こた》えたらいいものかと、櫓が頭を巡《めぐ》らせていると、

「〈我羅門組〉では、勝手なしのぎはご法度《はっと》だよ。仕置きの覚悟は出来てるね？」

爛々《らんらん》と燃える眼であり口調であった。

「へ、い」

「今回はこれで眼をつむろうじゃないか」

「え？」

背に廻《まわ》していた右手をさえは前へ出した。

でかい拳銃を握っている、と二人が認識する前に、閃光《せんこう》が走り、矢部の顔は赤い霰《あられ》に化けた。内蔵の消音器《マフラー》のせいで音はしなかった。ほぼ垂直に倒れる弟分の方を櫓は見ようとしなかった。何も考えられなかった。

「さて、しのぎの相手だけどね――」

さえは拳銃をデスクに置いた。

「藤沢興業は、今度のコンテストを仕切る最有力候補だそうじゃないか。おまえのポケットじゃせいぜい一割がいいところさ。うちの組全部でかかりゃ、残り九割どころか倍も稼げるよ」

このしのぎが閃《ひらめ》いたのは昨日の深夜だと、櫓は青くなった。いや、午前零時《れいじ》までを昨日とするんなら、今日の話だ。一体、社長はどうやって？　妖術使いでも雇ってやがるのか？

「――わかりました」

とにかく、これが最良の一手だった。

「社長の仰《おっしゃ》るとおりに致します。あの野郎――尻の毛まで引っこ抜いてやりまっせ」

「頼むよ」

と言って、さえは探るような眼付きになった。

疑われてるのか？　全身の血が音をたてて下がっていく恐怖のあまり、櫓はめまいを感じた――が、空《から》っぽになった胸の奥からそれさえ食らい尽くすような、別の情念が湧き上がって来た。眼の前の和服の女を骨の髄《ずい》まで犯《おか》し抜いてやりたいという欲望だ。

　無論、不可能だ。そんな胸の中をちらりとでも見せてしまえば、櫓といえど蜂《はち》の巣になるのも覚悟しなければならない。現にサンプルを何人も眼にして来たし、自《みずか》ら手を下したこともある。

　だが、死の危険を冒《おか》してもなお、その豊満な熟《う》れ切った肉体を思いきり責め苛《さいな》みたいと、心底《しんそこ》からの衝動を呼ぶ何かがさえにはあった。

　彼の周囲の男たちには、敵味方を問わず同じ思いに身を焼き焦《こ》がし、そして、滅《ほろ》びて行く者たちがいた。

「何か手立てはあるのかい？」

　さえの問いに、櫓はようやく我に返った。

「――おれじゃなく、大村にあるそうですが」

「あいつ任せかい――まあいい。一応刑事《でか》だ。それなりの手段や伝手《つて》はあるだろう。けど、おまえも油断するんじゃないよ。刑事なんて、表向きが違うだけで、中身はあたしたちと同じ穴のムジナなんだからね。うちの方でも手を打っておきな」

「わかりました。すぐ取りかかります」

「行きな」

　一礼して背を向けると、待ってましたとばかり、櫓の全身から汗が吹き出した。

　ドアが閉じるとすぐ、さえは床の上の死体に眼をやった。

　眼が濡《ぬ》れていた。顔全体がぼやけていく。欲情の波が広がったのだ。

　左手を胸もとへ差し込むと同時に、右手が裾《すそ》を割った。

　細く熱い呻《うめ》きが空気を淫《みだ》らに染めた。

すぐに手を戻し、帯に手をかけた。着物は絢爛《けんらん》と躍《おど》った。

死体が転がった部屋で、女組長は全裸になった。四〇近いとは思えぬ、かがやくばかりの裸身であった。

脱ぎ捨てた着物はそのまま、さえは隣室のバス・ルームへ入った。

熱い湯気の中で、女の裸体は妖しい幻のようにかすんだ。

手が重い乳房を揉《も》みしだき、腿《もも》のつけ根をまさぐりはじめると、さえは激しく身悶《みもだ》えした。

眼の前の壁にも鏡が貼ってある。

悶え狂う女の顔を、さえは恍惚《こうこつ》と眺めた。

「これなら勝てるよ」

半開きの唇が呻きに似た声を吐き出した。

「〈区〉のコンテスト……必ずあたしが……勝つ……あの二人のキスは……あたしの……もの……さ……」

鏡の中の女が微笑した。

欲情が時間を超えて「若さ」を引き戻したかのように、それは若く美しかった。

「……何人だって……殺してやる……誰にも……邪魔なんか……」

恐るべき勝利宣言はシャワーの響きに流れ、指の動きはさらに激しく、淫らさを増していた。

深田典子が入って来るなり、梶原は両手を机上《きじょう》に据えて、

「応募状況はどうだ?」

と訊《き》いた。全身から期待感が噴き上げている。

歴代〈区長〉中最低の人格者と言われながら、最長在任期間を更新しているのはこの無邪気さのせいかと、典子は納得していた。

「お喜び下さい」

破顔《はがん》して梶原のデスクに近づき、ＰＣを示して、

「私のＰＣを呼び出して下さいませ」

と言った。

「お、おお」

キイを叩《たた》く梶原の指が震えているのも期待のせいに違いない。

数字が出た。

「おおお、三〇〇〇人超か——これだけで、出場料一万として三〇〇〇万。〈新宿TV〉の独占料が一億。あとは雑誌や他のTV局、マスコミ関係で、ざっと——締めて一〇億は固いな」

「他のTV局って——〈新宿TV〉の独占じゃないんですか?」

「それは〈区内〉の放映権だ。他のは〈区外〉だからな」

「なんか詐欺《さぎ》っぽい」

「何だ、その言い草は」

梶原はテーブルをぶっ叩いて、典子の身をすくませた。

「一〇億の臨時収入があれば、福祉予算にも三千万は廻せる。みんな大喜びだ。感謝のメールが山ほど届くぞ。炎上だ、炎上」

「一〇億のうち三〇〇〇万ですかあ?」

典子は、今はじまったことじゃないが、やっぱりどうしようもないという眼つきで〈区長〉を眺めた。炎上の意味もわかっていない。

「何だ、その眼つきは? 福祉は福祉だ。何処《どこ》かに問題があるか? これは美談として〈区外〉は勿論《もちろん》、海外にも広がる。〝呪われた街の美しいかがやき〟〝篤実《とくじつ》なる〈区長〉、虐《しいた》げられた人々を忘れず〟——おお、マスコミにこんな活字が躍るんだ。わしは英雄だ!?」

「〈区長〉ですよ」

典子はうんざりしたように言った。

「でも、出場資格に制限を設《もう》けなくていいんですか? 私でも知ってる悪徳金融業者の奥さんとか、何年も前に死亡したバーのマダムとかも来てますよ」

「――何だって構わん。ここは〈新宿〉――〈魔界都市〉だ。鬼が出場しようと熊のヌイグルミが酒瓶片手にやって来てもおかしくはない。他の『美人コンテスト』とは違うのが売りだ。何でもかんでも受け入れてしまえ」

「ですけど――こいつらが落ちたショックで暴れると危険ですよ。死者が出たら、どう言い訳するんです？」

「そのために外村やおまえがいるんだろうが」

　にやり。

「ちょっと――私たちにみいんな押しつけて、自分はぬくぬくと――そんな真似《まね》絶対許しません！」

「馘《くび》だ！」

「ええ、結構です」

　典子は顔中を口にして喚《わめ》いた。

「その代わり、今度のコンテストだけじゃなく、これまでの予算運営上の誰も知らない問題点も、みいんな公表させていただきます!!」

「まあ、君、話し合おうじゃないの」

　梶原の猫撫《な》で声は、典子をのけぞらせた。

「確か、君の御主人は――」

「ええ。〈魔界都市日報〉のデスクですけど」

「いやあ悪かった、悪かった、ついカッとなって――いや、気分を直してくれたまえ今晩食事でもどうかね？」

「結構です！」

　典子は断固叫んで、ドアの方へ向かった。

「それから、ひとつお教えしときますが、彼は今回のコンテストについて、あれこれ取材を開始したそうです。どうか、ボロが出ないようにお気をつけ下さい。私はいざとなったら情報提供して〈区長〉のお好きな責任逃れしますから!!」

　閉じたドアのたてる凄《すさ》まじい響きの中で、梶原は、くそおと呻き、早速《さっそく》、あれこれ作戦を練りはじめた。

昼少し前に、せつらはメフィストの下《もと》を訪れた。

「また風邪かね？」

と尋《たず》ねる白い医師に、

「おまえのところに、確か美容外科もあったよね？」

「確かに今も存在するが」

「いちばん腕のいいのは末次《すえつぐ》医師？」

「そうだったな」

「――そうだった？」

「四カ月ほど前に辞表を出した。自分の病院を開くそうだ」

「よく手離したね？　メフィスト病院でいちばんといえば、世界一ってことだけど」

沈黙が広がった。

「何かあったな？」

せつらは念を押すように訊いた。

「なに？　何？　なに？」

「形は辞職だが、解雇だ」

「何をやらかした？」

「不正施術《オペ》だ。病院の薬品と器具を使って個人的な治療を行ない、不正料金を徴収した」

「わお」

「――しかも、失敗した」

「あれ」

「彼が何かやらかしたか？」

「調査中」

腕のいい違法の美容外科医について訊くために訪れた当人が、金的《きんてき》だったとは。さしもの魔人も少しは驚いているのかも知れない。

「現住所を教えてもらいたい」

メフィストは承諾した。

住所を伝えてから、

「気をつけたまえ、別の人間を造り出すのが仕事だ。ただの人間である分、少々手強《てごわ》いぞ」

「どーも」

とせつらは応じた。

「私刑《リンチ》にかけた?」

「何を言う」

「してない?」

「お帰り願おうか」

「はいはい」

どーもどーも、とせつらは病院を出た。

真っすぐ末次医師の住所へ行く前に、病院近くの喫茶店へ入った。

静かなBGMが気のせいかと思えるくらい、人声で煮えくり返っている。

男同士、家族連れもあるが、殆《ほとん》どは女性客だ。

「シュンったら、あんなに頭いいって自慢してたくせに、会社辞《や》めちゃったのよ」

「あいつ、その辺の大学の出じゃない。ちょっと目立つからって、会社に入れば幾らでも上がいるわよ。それで辞めちゃうなんて、小心者なのよ。あたしなんか最初からわかってたわ」

「タエコの彼氏、背中の腫物《はれもの》から悪魔の子どもが生《は》えて来たんだってよ」

「ひええ」

「それでメフィスト病院へ行って切除してもらったら、あたしの子をってタエコが怒っちゃって。退院したその日に射ち殺しちゃったんだから」

「うちの主人——もう半年も失業中なんですけど、お酒浸《びた》りの上に、路上売人から麻薬《ドラッグ》を買って、こっちもズブズブ。昨日、あたしがバイト先から戻ったら、家の中が幻で一杯なの。鬼だのドラキュラだの、大蛇や恐竜だのが畳の上や空中で追っかけっこしてるんです」

「ひどいわねえ、あの声、そいつらの?」

「ええ。声だけならいいんですけど」

「じゃあ?」

「はい。もう八日目なんです。実体を備《そな》えて来ちゃって。鬼なんか鉄棒ふり廻して電灯を壊すわ、龍は火を吐いてカーテンを燃やすわ」

「メフィスト病院へ入れちゃえば？」

「ちょっとさあ、リビ子きれいになったと思わない？」

「そうなのよ。あたしもびっくりしたわ。まるで一〇日前と別人。いい化粧師に会ったらしいよ」

「ね、誰よ？　何処にいるの？」

「教えてくんないの」

「ケチねえ、リビ子の奴」

「ホント。でも、凄《すご》く上手なメイクなんだ。きっと、別人にだってしてくれるよ」

「やだあ、絶対に会いたい〜」

2

エビ・ピラフとジンジャー・エールを平らげてから、せつらは真っすぐバスで〈西早稲田《にしわせだ》〉のワン・デイ・マンションへと向かった。

名前のとおり、日払いでワン・ルームを借りるタイプのマンションの客は、訳あり——犯罪者が九〇パーセントを占《し》める。いつ捕縄《とりなわ》の手がかかっても簡単に脱出し、別の屋根の下に移動できるからだ。入居手続きも、玄関に設置されているコンピュータに申し込めばいい。〈新宿〉らしく、警察へ通報する管理人もオーナーもいないし、本名や戸籍も必要ない。ただし、一日でも支払いが遅延した場合、ドアは閉ざされ、外出も入居も不可能となる。廊下やエレベーターには監視カメラも付き、一階のショップでは武器も買える。追われる者たちの一日の隠れ家《かくれが》としては、理想的といえた。

せつらは偵察用の妖糸を放った。

やや太い——百分の一ミクロンのチタン鋼の糸先についたナノ・ビデオが周囲の光景を鮮明に伝えてくる。〈新宿〉にしかないナノ技術《テク》開発業者に依頼した品だ。運搬手段さえ考えつけば、核兵器用のシェルターにも侵入出来るだろう。人間《ひと》にプライバシーなど存在しないのだ。

せつらはやや厚めのサングラスをかけていた。関係者の卒倒防止用だが、つるの切り替えスイッチひとつでナノ・ビデオのモニターも兼ねる。

「面倒臭いな」

階段を上がり、一〇階の廊下に出て、六号室を目指す――鮮明な移動画像を記憶しながら、せつらはつぶやいてしまう。

いったん、限定空間へ入れれば、指のひとひねりで、カメラなど使わなくても、対象に巻きつき触れる糸が、あらゆる形から色まで指先に伝えて来る。自然な視界を電子画像で邪魔される必要などないのだ。

カメラは目的地のドア前に到着した。

カード式のロック・システムは、カードの挿入孔から侵入すれば事足りる。

「ん？」

モニターは、荷物ひとつない部屋を映し出した。

人の住む気配もない――これはせつらの勘だ。

「逃げたか」

糸を戻しはじめたとき、通行人のひとりが、せつらの顔をちらと見て足を止めた。

「おまえ――覚えてるか？」

「は？」

画像を消して見つめた相手は、四〇過ぎのしけたおっさんだった。せつらと同じ、サングラスをかけている。

「高岩《たかいわ》さん？」

「そうだ。おまえが無理矢理見つけて家族に引き合わせてくれた高岩十三《じゅうぞう》だよ」

「お元気ですか？」

「ああ、元気だとも、あれからもとの会社や女房がうるさくて、風邪ひとつひけやしねえ」

「それはそれは」

茫《ぼう》とした返事に、男は怒り狂った。

「一〇億の借金を返すのに、おれはいま、身体を売ってるんだ——見ろ」

左手をせつらに突きつけ、高岩は袖口を引き上げた。

そこにあるのは安っぽいが頑丈そうな金属の義手だった。

「おや」

「二〇日前に売った。右腕は六〇日前だ。これを見ろ」

鉄の指がサングラスにかかった。

下から現われたのは空洞と化した眼窩《がんか》だった。いや、奥の方で電子眼が青白い光芒《こうぼう》を放っている。

「機械だよ。両手両足、両眼——生ものはみいんな売っ払っちまった。おまえに捕まったとき、おれは事情を話して頼んだよな。借金はどうしたって返せねえ。幸い、保証人も逃げちまったし、女房、取り立て屋なんかに負けやしねえ。放っておきゃいずれ忘れるってな。ところが、おまえは無慈悲に連れ戻しやがった。おかげでこの様《ざま》だ。内臓はとっくの昔にねえ。いつかおれはみいんな機械になって、そうして、脳が取られたら、機械人形の完全——じゃねえ。機械はみんな外され——おれは無くなっちまうんだ」

唾《つば》をとばして喚く男へ、せつらは茫洋と、

「えーと、あなたの会社は銀行から一〇億を融資してもらった上、街金からも一〇億を借りて、計画倒産を行なった。二〇億の金は海外のダイヤモンド採掘に注《つ》ぎ込まれ、すべて浪費された。あなたも騙《だま》されたのはいい気味ですが、街金の催促は奥さんとお子さんに向けられました。奥さんは探偵を雇い、あなたは〈新宿〉へ逃げた。そして、一週間で見つかりました」

「顔を変えるつもりだったんだ。指紋もな。それを、おまえは——」

「あなたの言うとおりなら、願いは叶《かな》います。顔や指紋だけじゃなく、何もかも。しかも、消えてしまうなら――完璧です」

無感動もいいところの口調で、

「ちょっと遅すぎましたけど」

「貴様あ」

飛びかかって来た男は、せつらの後ろにそびえるコンクリの塀《へい》に激突した。塀は倒れた。一緒にへたり込んだ男の頭上から背後に着地し、

「それじゃ。高く売れるといいな」

せつらはもうひと跳びして反対側の塀の向こうに吸いこまれてしまった。

「おまえ、おれは復讐《ふくしゅう》の鬼になったるぞ」

男は、分厚いコンクリの破片に半ば埋もれた状態で叫んだ。

「たとえ無になっても捜し出して片つけたる。首洗って待っとれえ」

通りがかりの主婦らしい女が二人、少し離れた電柱の陰で顔を見合わせていた。

〈高田馬場駅《たかだのばば》〉前のオープン・マーケットで、あのォと声をかけられ、ふり向いた娘たちは、その場で硬直した。メフィスト病院近くの喫茶店で遭遇した若者とは記憶にない。

こちらを見つめる美貌が、頭の中でぐんぐん膨れ上がり、眼も鼻も唇もかがやきに溶けて、美しさだけが脳を支配する。

「訊きたいことがあるのですが」

娘たちはうなずくしかない。こんな美しい存在に逆らえるものか。

「――何でも」


男が来たのは陽が翳《かげ》りはじめる頃だったので、明りは点《つ》けなかった。

恵美子が応接間へ出ると、男はコーヒー・カップを皿へ戻し、

「新しい家政婦さんですか？」

と訊いた。

「ええ。前の子は辞めました」

「ほお——どちらへ行かれたかご存知ですか？」

「いいえ。ああいう子たちは、最低限の礼儀もわきまえておりません。ある日、お世話になりました、今日までのお給料は、口座へ振り込んで下さい。——それだけでしたわ」

「色っぽい方でしたのに、少々残念ですな」

男は笑ったが、恵美子は笑わなかった。

「で、ご用件は何でしょう、刑事さん？」

男を見つめる眼は冷たかった。

押されるものを感じながらも、男——〈市谷署〉刑事・大村は気力を腹の底に据えた。

「実は——奥さんと瓜《うり》ふたつの死体が、〈大久保病院〉近くの地下通路から発見されまして」

「え？」

逆転だ、と大村は胸の中で拳を握りしめた。

「幸い、発見者が私の知り合い、というか以前便宜《べんぎ》を図ってやった人物でして、まず私に連絡が入りました。死体は民営の冷凍庫に保存してあります」

「…………」

「かなり妖物に食い荒らされていますが、DNA鑑定やナノ・レベル復顔法を用いれば、身元は簡単に割り出せます。一日とかかりません」

「その死体——お譲りいただけません？」

恵美子は固い声で言った。

「おや——どういうことでしょうか？」

「その死体のことで、何故、うちへ？」

「はは」

「疑っていらっしゃるのでしょう？　私が別の女だと」

「いいえ——確信しております」

大村はいきなり左手をのばして、恵美子の乳房を鷲摑《わしづか》みにした。

思いきりふり放して、

「何なさるの？　警察を呼びますよ！」

声はきついが、口もとには媚《こび》ともとれる笑みが貼りついていた。

大村もにやりと笑って、もう一度、乳房を摑んだ。

「私は警官ですよ――ほお、ノーブラですな。ご主人用ですか、真木さん？」

「あら――誰のことかしら？」

「子どもの遊びはやめましょうや、奥さま。最初《はな》からネタは割れてるんですよ」

大村はもうひとつの乳房も握りしめた。

「あ」

恵美子はのけぞった。

「今日は、こうするつもりでやって来たんですよ、奥さま――ということにしておきましょうか。ずっとこれでもいいんですよ」

「――ずっと？」

閉じた眼を開いて、恵美子は悪徳刑事を見た。

「そうですとも――ご主人と奥さまと――特別に奥さまさえ良ければ」

「どういうこと？」

恵美子の眼つきも声も、別人のものに変わりつつあった。

「野暮なことは言いっこなし。お互い大人じゃありませんか。私は構いませんよ、奥さんが別人だとしても。正直――このお顔と身体よりは、そちらのほうが食指は動きますが」

「なら――これで」

刑事の前の顔は別人になった。のみならず身体つきまで変わり、大村の手の中の肉は、倍も大きく、倍も柔らかな手触りを伝えて来た。

「いいですなあ、奥さま」

大村は慣れた手つきで、人妻から家政婦に化けた女の胸もとをかき開いた。

剝《む》き出しの乳房に舌を這《は》わせただけで、みち子は身を震わせた。

「ここで――するの？」

喘《あえ》ぐような問いに、

「ベッドなんて真《ま》っ平《ぴら》だ。家政婦に来させるな」

「わかったわ」

みち子は卓上のインターフォンに手をのばして、しばらく入って来ないよう伝えた。

すでに光が青く変わりつつある室内で、男と女は床の上に重なった。

「こんなところで――変態刑事」

ののしるみち子の声も熱い。

「ご亭主はしないのか？」

「――するわ」

「だろ」

大村は丹念に片方の乳房を舐《な》めてから、反対側に移った。

「あ……ああ」

口を放すなり、みち子の唇をふさいだ。思いきり舌を入れると、みち子は激しく吸った。

たっぷりと絡《から》み合わせてから、大村は、

「唾《つば》を呑《の》むか、偽者め」

と訊いた。

「ああ……嫌」

みち子は顔を左右にふって拒否した。

「嫌かい。そりゃいいや」

大村はみち子の顎に手をかけて固定し、唇を近づけた。

固い唇の前で、いったん離れ、みち子の鼻をつまんだ。

呼吸困難に陥《おちい》った女は口を開いた。

そこへ、たっぷりと流しこんだ。

みち子は呑み干した。

「いいぞ、さ、これからだ。お互い、何もかも許し合う仲になりましょうや」

大村は、次の塊りを顔の真ん中にこぼした。

「さあ、塗りな」

みち子は、むしろ恍惚たる表情で、男の唾を顔中に塗りのばした。

「いいですよ、奥さま。そう来なくちゃ。さ」

床の上で、豊かな女の尻が高く掲《かか》げられた。その上に刑事がのしかかった。

やがて、うつ伏せのまま、

「声――大き過ぎたかしら?」

途切れ途切れのみち子の声であった。

「ああ。ひょっとしたら、あの家政婦、聞いてたかも、な」

大村は肉の山に頭を乗せていた。

「いいわよ、聞かれたらそのときのことよ。口を塞《ふさ》げばいいし」

「大した女だな」

大村はさして驚かなかった。このくらいの強者《つわもの》は何人も知っている。わずらわしくなったら、それこそ口を塞げばいい。

3

二宮智子《にのみやともこ》は、〈余丁町《よちょうまち》〉の自宅を車で出た途端に異変に襲われた。

家から五〇メートルほどの路上で、エンジンが停止してしまったのである。

コントローラーの指示を見ても、「エンジン停止/要修理」としか出て来ない。

JAFを呼ぼうかと思ったとき、誰かが窓《ウインド》を叩いた。

見上げた途端、二十歳《はたち》の娘は石と化した。メデューサを眼にした若者のように。だが、こちらのメデューサは、まるで逆の存在だった。

「あなた……どな……た……?」

訊きながら、窓を下げた。

「秋と申します」

相手は茫洋と名乗った。摑みどころのないその響きが、天上の美貌にふさわしく感じられて、智子は、さらに昏迷《こんめい》の深みに陥った。

「少しお話を伺いたいのですが」

否《いな》という言葉は、生まれたときから存在しない時間に智子はいた。

　幻のような動きで乗り込むと、せつらはドアと窓を閉めた。

「末次医師とお会いになると聞きました」

「はい」

　どうしてそれを？　と訊くことも頭に浮かんでこない。三人の娘は、あくまでも噂《うわさ》だと言って、智子の名を教えたのだった。

「同行させて下さい」

「あの……」

　せつらはさすがに、これはまずいと思った。理由は必要だ。

「僕は人捜し屋です。彼を捜すよう依頼が来ています」

「……わかりました。でも……」

「あなたの化粧は邪魔しません」

「……なら。でも、車が」

「もう動きます」

　智子はエンジンをスタートさせた。

　あっさり、かかった。

　奇怪な糸はすでに失われていた。

　待ち合わせの場所は、〈大久保二丁目〉に建つ廃《はい》墟《きょ》であった。

　封鎖テープはない。妖物も、それ用の護身用武器を売りつけようとうろつく売人もいない。観光客の見物もＯＫの瓦礫《がれき》の内部《なか》へ、智子は足を踏み入れた。

　日暮れである。他人の影はなかった。

　メールでの指示のとおり、ほぼ中心と思われる場所に、瓦礫や石柱を組み合わせた石室《いしむろ》が蹲《うずくま》っていた。

月はない。光は智子の手のペンシル・ライトだけだ。

戸口らしい空間の前まで来ると、内部に明りが点《とも》った。

「二宮です」

小さく名乗っても、返事はない。数秒待ってから、智子は戸口へ滑り込んだ。

内部は意外なほど広かった。

奥の半分ほどを、ビニール・テントが占領している。

手前の古ぼけたソファに、白衣の男がかけていた。

知性で一分の隙もない雰囲気が、こんな状況で智子に信頼を抱かせた。

「ようこそ、末次です」

と男は白い歯を見せた。

「目下、〈生まれ変わらせ屋〉と名乗っています」

「よろしくお願いいたします」

智子は頭を下げた。

「振り込みは確認してある——そこへかけなさい」

医師は前方のスチール・チェアをすすめ、智子がかける間に、かたわらに置いたバッグから、銀色の箱を取り出した。中味は無痛注射器であった。

「すぐにかかる」

「麻酔ですね？」

不安が智子に念を押させた。

「いや。薬の効き目を良くする活性剤だ」

智子は一発で信頼した。メフィスト病院でベスト1《ワン》を誇った医師の言葉なのだ。

注射はすぐに片づいた。

テントの裾をめくって智子を入れ、末次も続いた。

「へえ」

驚きと納得の呻きが、智子の唇を割った。

広さも設備も大病院の手術室だ。自動手術装置、手術灯、メイク用具に囲まれて、立派な手術台が横

たわっている。発電器《ダイナモ》も酸素製造装置も最新型とし
か見えない。廃墟とは別世界だ。

「ご希望は可能な限りの美貌——でしたな」

「はい」

「では、手術は必要ない。そちらにかけなさい」

リモコンのスイッチを押すと、手術台はたちまち椅子に変わった。

リモコンでメイクの道具を引き寄せ、末次医師は、

「五分で済みますよ」

と言った。

そのとおりだった。


「メイクは半年持ちます」

奥の蛇口で手を洗いながら、

「ひょっとして、美人コンテスト用ですかな?」

「はい」

智子は小さくうなずいた。施術後五分は大人しくと言われている。

「確かエントリー料は高いが、賞品は格安と聞いているが」

「あ、あの——キスです」

「キス?」

「あの——秋せつらさんと、ドクター・メフィストの」

何処か小馬鹿にしていた風な医師の表情が、ぴしりと固まった。

それから——茫然と宙を仰いで、

「秋せつらと——ドクター・メフィストの……キスか。それならば……一〇〇万円でもおかしくない。そうか——」

彼はとろけたような表情で智子を見つめ、

「悪いが料金は返す。そのメイクを落とさせてもらおう」

「え?」

智子はとび上がった。

「な、何故ですか？　ちょっと待って――」

「あの二人のキスが賞品なら、天使も悪魔も素姓を偽《いつわ》って参加するだろう。私もだ」

「ちょっと、先生――契約違反です」

「美はあらゆるものを超越する。これは医師としての私にしかわからぬ真実だ。だが、私が美を極められるとは限らない。ライバルは少ないほうがよかろう」

彼はメイク箱の中から、小さな罎《びん》を手に近づいて来た。

「先生――やめて」

「大丈夫。これを浴びればメイクは一秒で溶ける。痛みも傷も残らん。安心したまえ」

「でも、先生――そのメスは？」

「ばれたか。実は切り刻む」

「えっ!?」

背すじを冷たい塊りが滑っていく。

「結局、不完全なメイクということになるな。許せん」

「そんな。さっきは自信満々で。これで充分です」

「駄目だ。こうなった以上、失敗作を世に出すなど、私は許さない。大丈夫、メスさばきには自信がある。痛みは殆どない。傷は一生治らんがね」

「やめて！」

絶叫が終わるまでに、医師は作業を終えているはずだった。

だが、メスの切尖《きっさき》は智子の鼻先二センチの位置で停止していた。

「誰だ？」

末次は戸口の方を向いた。

テントの裾は持ち上がり、世にも美しい若者が闇の化身のごとき服装《いでたち》で立っていた。

「君は――まさか……」

これだけ言う間に、末次の脳も眼も恍惚と溶けていた。

「秋せつらです」

「末次だ。何度もお見かけした」

「メフィスト病院で」

「――この手を縛っているのは何だね？」

「糸です」

「糸？」

末次は愕然《がくぜん》と手首を睨《にら》みつけ、

「信じられん。これほど細い糸目にこれほど凄い力を加えられれば糸で肉が斬れている。どちらにも異常なし。どんな技を使っているのだね」

「木村多良子――乃至《ないし》、暮色むつみという娘に施術しました？」

いきなり質問に入った。

「知らんな」

「彼女の行方を捜しています。教えてくれませんか？」

「知らんと言ったはずだ」

「個人情報は教えられないとか？」

「当然だ」


「では、あなたがこちらの顔を斬り刻むのを警察へ通報しない代わりに――いかがです？」

「それよりも――なんと美しい」

うわごとのように医師は呻いた。

「病院で見たのはすべて遠目だが、それでも、世界はかがやいて見えた。何人のスタッフが恍惚となって仕事が手につかず、馘首《かくしゅ》されたか知っているか？」

「全然」

空《むな》しい笑いを末次は放った。

「どうでもいいか。そうだろう。それだけ美しければ、人間の運命になど関与する必要はない」

「で？」

「やめたまえ。君のような男が、俗事にかかずりあってはいかん。今すぐ仕事もやめ、何もかも捨てて、旅に出ろ。世界の涯《はて》まで行って、人類救済の道を考えるんだ。それくらい美しければ必ず出来る」

「彼女に会わなかった？」

「そんなことはどうでもいい。君は自分の本質を見《み》極《きわ》めるのだ。世界が滅びるとき、最後に残るのは美しさだ」

「えーと、木村多良子か暮色むつみ」

「えーい、この莫迦《ばか》者め！」

　このとき、末次は右手のメスを左手に落としたのである。次の瞬間、光が走り、彼は解放された。秋せつらの妖糸から。

　左手が閃き、新たな捕縛《ほばく》の糸も、誰の眼にも止まらず切断されていた。

　炎が噴き上がった。

　脱出用の仕掛けであろう。みるみるテントは炎に包まれた。

　智子を背に石室をとび出したせつらの背後から、大爆発が追って来た。

　二人の身体を光る靄《もや》が覆《おお》った。数百万本で編んだ護《まも》りの妖糸――〝糸砦《いとどりで》〟であった。

　時速数百キロで飛来した破片はことごとく塵《ちり》と化した。

　火を噴き上げる石室の方を向き直り、

「逃げたか」

　とせつらはつぶやいた。

「さすがは、メフィスト病院のナンバー1。甘くみてしまった」

　だからといって、歯噛《はが》みどころかショックを受けた風もない。これが秋せつらであった。

第四章　逃げ水と追い風

1

夕食の用意をしていたときにかかって来た電話に出た途端、藤沢恵美子は凍りついた。

鼓膜《こまく》にふれてゆれる声の、なんと美しいことか。

それはこれからの訪問を求めるものであった。

これからいかがでしょう？　現在《いま》は午後八時。考えてみれば非常識な要求である。だが、それを知り、こちらの反応も知りくさっての連絡だろうし、現に恵美子は断わり切れなかった。

こんな声の相手に会いたい。それが破滅への道《みち》標《しるべ》だと、気づいていたのかもしれない。

幸い藤沢は遅くなると連絡があった。

サングラスをかけようと思い立ったのは、僥倖《ぎょうこう》であった。

闇色のシールドを通しても、眼の前に腰を下ろした若者の美しさは恵美子の脳を浸蝕《しんしょく》しつつあった。


「ご用件は？」

名刺の名前を読んだだけで、めまいがする。こう尋ねるのもやっとだ。

「末次医師をご存知ですね？」

知らないと答えなくてはならない。

「はい」

知らない。

「連絡法をご存知でしょうか？」

「…………」

「ご存知なら、教えていただきたいのですが」

なぜ、そんな眼で私を見るの？　吸いこまれそうな、黒く透《す》きとおった瞳で。ここで微笑でもされたら——奴隷《どれい》になってしまう。

「いかが？」

問いは恵美子の頭の中で妖しく鳴り響いた。

ごくりと喉《のど》が鳴った。

生唾《なまつば》を呑みこんでから、

「いいわ」

と恵美子はうなずいた。こうも簡単に口を割ってしまうなんて——そんな思いも、ちらとかすめただけだ。

「——でも、条件があるの」

「何でしょう?」

「私と寝て」

「あれれ」

「こんなこと言われたのはじめて? そんなことないでしょう?」

「はは」

「あなたを見て、こう言わない女なんているわけがないわ。男だってそうよ」

そこで恵美子の意識は空気と同化した。

せつらが微笑んだのである。

「寝たいですか?」

闇の問いに、恵美子は首を横にふった。

「もういいわ……でも……どうして……私が知ってると?……」

「ご近所に、末次氏にかかろうとした方がいたそうです。ですが、連絡が取れず、代わりにあなたの名前が出た。末次氏とのことを誰かに話しませんでしたか?」

「……そういえば……自慢したくて……知ってると……でも……それだけよ……他には何にも……それに尾鰭《おひれ》がついたのね……真奈美《まなみ》さんがしゃべったんだわ……」

恐らく、あの三人の娘たちのひとりが、真奈美とやらの実子かひどく近い存在だったのであろう。

「教えて下さい」

「簡単なことよ。携帯へかけて話を通せばいいわ」

「それは確かに。番号を」

恵美子は応接間を出て、すぐ戻って来た。手にしたメモをテーブルへ置いた。

「どーも」

のばしたせつらの手を恵美子は押さえた。

「?」

「条件があるわ」

「寝るんですか?」

「私——あなたが審査員をやるコンテストに出場するのよ」

「あ、キス? いいですよ」

この若者には世間がわかっていない。出場者が聞いたら総出で殺しに来るだろう。

恵美子は溜息《ためいき》をついて苦笑した。

「違うわよ。それは賞品。優勝したら頂《いただ》くわ。だから、優勝させると約束して」

「いいですよ」

こういう男が何故、最後の審判を待たずに罰せられないのかと、天使たちは疑うに違いない。

「やだ、本気?」

「ええ」

「この顔とスタイルじゃ、一次予選で落とされるわ、それも真っ先に」

「そうですね」

「あなた、本当に他人の都合ってどうでもいいのね」

「そうですか」

恵美子は頭をふった。

「そうね。どうでもいいのよね。そのままのあなたでいたらいいわ。でも、約束は約束よ。忘れないで」

「はあ」

こうして、せつらは藤沢家を出た。

入れ違いに、拓を乗せた車が戻って来た。

家政婦に鞄《かばん》を渡し、足音も猛々《たけだけ》しく居間へ入ると、ソファに横たわる恵美子を発見した。

「いま、どえらいハンサムとすれ違ったぞ。みどりに聞いたら、おまえに用らしいな。どういう関係だ?」

叩きつけるような詰問《きつもん》へ、

「——ガスの集金人よ」

「なにィ?」

「言ったでしょ、ガスの集金人さんよ。いい男だったわ」

「ふ、ふざけるな」

引き起こされた恵美子の頬が鳴った。

「どこの世の中にあんな集金人がいる？　みどりに訊けばみいんなわかるんだぞ」

「勝手にしたら」

恵美子は投げ遣《や》りに返した。

「いま、いい夢を見てたのよ。汚《けが》らわしい現実なんか持ちこまないで頂戴《ちょうだい》。あなたがその筆頭よ」

「貴様——みち子。気は確かか？　あいつと何をした？」

「何にも。あんなきれいな人と、セックスなんか出来やしないわよ。獣のすること。あなたとだったら、いつでもいいわよ。でも、今は放っておいて」

「この淫売！」

恵美子——みち子は床上に引き据えられた。髪を摑まれ、平手打ちを食らって倒れた。

めくり上がったスカートから生白い脚《あし》がつけ根まで のぞいた。

「みち子」

藤沢はのしかかった。怒りが情欲をあおりたてている。

「やめて」

抵抗にも熱いものが欠けていた。これもあの若造のせいかと、藤沢の淫虐心《いんぎゃくしん》はさらに炎を噴いた。

「おまえの相手はおれだ。おれのことを考えろ。あいつのことは忘れるんだ」

正常位で貫《つらぬ》いた。

一瞬、のけぞってから、みち子は彼の頭を抱いた。

「濡れてる？」

と訊いた。

「ああ、ぐっしょりとな」

「嘘よ」

空中に据えた眼は、記憶だけを映している。世にも美しい記憶を。

「あいつは必ず殺してやる。それも八つ裂きにしてくれる」

　自分もそれを眼にしたように、藤原は腰を白い肉に叩きつけた。


〈新宿〉にも人捜し屋は多い。彼らが〈区外〉のいわゆる探偵と異なるのは、探偵のような素行調査は〈魔界都市〉においては不可能だからである。死霊、悪霊、生ける死者その他、現世の範《のり》から洩《も》れ出した存在の素行を、人間が明らかにするのは不可能だ。対象は限定され、しかも最も単純な、居場所を明らかにするという形を取るしかない。

　だが、その過程は探偵に酷似《こくじ》する。対象のことを知る人物、接触者にあたりをつけては、対象の足取りを探るべく、彼らは手段を問わない。懐柔《かいじゅう》、脅《おど》しは常套《じょうとう》として、意に従わせるべく催眠、妖術の類《たぐい》も厭《いと》わない。

　例外は訪問時間であって、予約無しでの夜は厳禁だ。訪問先が警戒するのは勿論、武器やガード役を用意する怖《おそ》れがあるからだ。いつの世、どこの場所といえど、知人の動向を知りたがる他人に、人は警戒心を抱く。訪問は陽の光の下に限られるのである。

　これを無視する連中もいるが、その中でせつらは唯一《ゆいいつ》の例外といえた。

　陽光燦々《さんさん》たる昼も、月光深沈《しんちん》たる夜も、彼は時を選ばず調査対象の下へと赴《おもむ》く。その美貌、その声に逆らう者などないからだ。あったとしても、微笑めばいい。相手は家の内も精神《こころ》の内も開いて、彼を受け入れる他はない。

　九時ジャストに着いたのは、〈富久町《とみひさちょう》〉の住宅街にある小さな電器店であった。看板には『平山《ひらやま》デンキ』とある。

　すでにシャッターは下りている。それを軽く叩くと、

「もう閉めたよ、阿呆《あほう》」

無愛想この上ない返事がインターフォンから洩れて来た。それに対して、

「どーも」

というのも相当変わっている。

「何だ、あんたか」

ポーズだと一発でわかる迷惑そうな声の後で、隠しようのない浮き浮き声が、

「ちょい待ちい」

五秒と置かずに派手な音をたててシャッターは開いた。

店内には各種3DTV、ビデオ・デッキ、コンピュータ等が山と積まれている。その雑然ぶりから修理専門なのは明らかであった。

座敷への上り口の横にあるドアを開けて、平山はせつらを招いた。

こちらは裏の仕事場らしく、表の市販品を加工したらしい品々や、せつらもはじめてみるおかしな物体が並んでいた。

折りたたみ式の椅子をすすめて、

「お茶は出ねえよ」

「はあ」

「――何の用だい?」

「これ」

せつらは、恵美子夫人のメモをテーブルに置いた。

「これからかけてみる。向こうの場所を調べて、僕が接触するまで逐一《ちくいち》教えて欲しい」

「いいとも」

平山はあっさり応じた。

「お易《やす》い御用だ」

「お礼は――」

「金はいい。頼みがある」

「へえ」

「うちの女房と娘が、〈区〉の美人コンテストに出る。それで――」

「一位と二位？　いいよ」

「そんなことになったら、あんた殺されるぞ。おれの眼から見ても気が狂ったとしか思えねえんだ。予選で落としてくれ」

「はあ？」

「一回でも通っちまったら、女房はともかく娘の人生は狂いかねねえ。修羅場《しゅらば》を乗り切るのはいいが、ついちゃいけねえ自信がつくのは困るんだ」

「わかった」

「よろしく頼むぜ。これはすぐにやるのか？」

「うん。ボイス・チェンジャー、あるよね？」

「おお、女に化けるのか」

「そうそう」

せつらはうなずいた。

すぐに道具は揃《そろ》った。

平山はモニターの前にすわって、機器を調整し、せつらはチェンジャーをセットした携帯のキイを押した。


五分で話はついた。

「女になってもいい声だなあ」

嗄《しわが》れ気味の声は、本来なら絶叫したいところなのだ。感動のあまり出ない証拠に、無精髭《ぶしょうひげ》のおっさん面《づら》は上気《じょうき》している。

「個人局こさえて、人生相談でもやらねえか、ひと月で億万長者だぜ」

「悪くないね」

「惜しいなあ」

未練たらたらの平山へ、

「じゃあ」

と立ち上がった。

「お二人の写真ある？」

おおと答えて、平山は少し離れたデスクのところへ行って、引出しを開けた。

「これだ」

手渡された写真を見て、

「わかった」

とせつらは答え、ひどく太った母子を見て、

——わかってないんじゃないと考えた。せつらが約束を果たさなくても、結果は同じようであった。

2

ドクター・メフィストの診療は、四分六《しぶろく》で往診が多い。

大概《たいがい》は一度で完治してしまうのだが、二度三度と通わなければならない奇病も、通ったほうが良い病いもある。

今夜の患者は〈東五軒町《ひがしごけんちょう》〉のアパートに住む会社員の長男であった。

二日前から熱に冒《おか》され、人面の泡を吹きはじめた七歳の少年は、メフィストが額に手をかざしただけで安らかな寝息をたてはじめた。


「ありがとうございます」

頭を下げる両親のうち——母親がふと膝をすすめた。

メフィストを見つめて、

「裏の空地におかしなことが起こっています」

と言った。

これが、美しき魔人二人の最大の相違なのだ。せつらの美貌は見たものすべてを忘我《ぼうが》の淵《ふち》に陥《おとし》いれるが、救いを求める者たちが真摯《しんし》な眼差《まなざ》しを与える限り、白い医師は彼らの眼をくらませることはないのだった。

妻はアパートの裏手へメフィストを導いた。

黒い水の広がりが月を映していた。

「毎晩ここから、ずぶ濡れの女性が顔を覗《のぞ》かせて、周りを眺めているんです。すぐに潜ってしまうんですが、何だか怖くて。アパートでも何人か目撃して、鬱《うつ》になった人がいるんです」

「まだ埋めたてていなかったか」

とメフィスト。

「どういうことでしょうか？」

「〈区外〉からいらしたのか？」

「はい」

「〈魔震〉の後、この沼から五〇名近い溺死体《できしたい》が発見された。この辺り一帯は炎に包まれて壊滅状態だったから、水へ逃れたものだろう。全員、マンションの住人だったが、ひとりだけ遺体が発見されなかったという」

「ひとりだけ……」

「マンション中で評判の美女だったらしい」

「では――あの……」

妻は月の光の下でも色を失った。

「あの美人コンテストの噂を……沼の中で聞いて……出場したくなって……」

「ここを見るのはおよしなさい」

黒い水面を見下ろしながらメフィストは言った。

「はい。でも――」

「人間《ひと》の思いは死しても残る。他人は触らぬことだ」

「でも……私……一度見てからずっと……どうしても見てしまうんです」

白い手が妻の視界を覆った。ゆっくりとした動きなのに避けられなかったのは、あまりに美しかったからだ。

眼の中から、何かが抜け出ていく感覚。

「眼球は預かった」

とメフィストは言った。

「明日――沼の中の者だけを見えないように処理して返却する。よろしいな？」

よろしいかもよろしくないもない。妻はうなずいた。ドクター・メフィストの言葉なのだ。

彼は沼に向かって言った。

「止めることはできるが、それは霊能者の仕事だ。好きにするがいい。私はドクター・メフィスト。用があれば病院へ来たまえ」

それから妻の手を取ってアパートの部屋まで導くと、白い医師は立ち去った。

確かに両眼の感触を失った闇の中で、しかし、妻はあのドクターに持っていかれた上、その手で加工されて戻ってくるのだと、恍惚さえ感じているのだった。


せつらは頭上を見上げた。

音も色彩《いろ》もない。

気配と、流してある妖糸から伝わる、それこそ毛ほどの動きだけだ。

ヘリが飛んでいる。

一〇〇メートル以上の高みを近づいては遠ざかり、現われては消える。

警察ヘリによる夜間パトロールに違いないが、その動きがかすかな違和感を感じさせていた。

凶悪犯相手にしては数が少ないし、隠密行動は必要ない。

狩りではない。捜索だ。それも極秘裡《ごくひり》の。ただ、その極秘裡が通常とは異なるのだ。

時刻を感じた。

あと二分。

空は静かだが、地上は騒音の坩堝《るつぼ》だ。この辺は半年前まで〈妖物〉から採集した体液や乾燥内臓の保管倉庫街だったのだが、今では〈区民〉に解放され、″夜市《よいち》″としての賑《にぎ》わいを見せている。

電子光のネオンサインや看板の下で昔ながらのアセチレン・ランプが匂いをたてて燃え、行き来する人々のざわめきと笑いのあちこちに、綿菓子やリンゴ飴《あめ》、焼トウモロコシや串刺しパインが流れ去っていく。

晩秋の深更《しんこう》だから昼の盛況とは比べものにならないが、人々は次々に現われ、次々に消えていく。

携帯が鳴った。

「末次です」

と来た。

「いま、一番通りの真ん中にある神社の前にいる。よろしく」

「はあい」

せつらが応じる前に、通信は切れた。

「気の早い奴め」

だが、来たのは間違いない。

まず作業用の妖糸をとばしてから、せつらは歩き出した。

末次だ。紫色のダウンコートを着ている。右手はポケットに入れたままだが、メスを握っているのは間違いない。その感じはせつらも知るところだ。

一秒とかけずに、妖糸は八重に末次の全身に巻きついた。

「オッケ」

小さくつぶやき、歩き出す。茫洋たる表情と動きに注目する者は少ないが、眼にするやいなや、片っ端から石の像と化す。行動は迅速《じんそく》にしないと、交通渋滞が起こりかねない。

右方で空気が乱れた。糸が伝えたのだ。

その糸を走らせた。

悲鳴が上がって、ジャンパー姿の男が右手首を押さえ、地上に落ちた拳銃付きの手首を目撃した連中が別の悲鳴を上げる。

妖糸の力で急激に頸部を圧搾《あっさく》して失神させ、末次へ肉迫した。距離は三メートルもない。

邪魔者はひとりだけのようであった。

末次は面前で金縛《かなしば》りになっている。

「お久しぶり」

末次は激しく首を横にふった。

絞り出すような嗄れ声が、

「違う……おれじゃ……ない」

「え？」

せつらは妖糸をゆるめた。どう見ても末次の顔が、

「――頼まれたんだ。ここに立っていろと」

——やるな
と思った。

「顔をいじられた？」

末次の顔が呆《ほう》けて、

「顔？　そう言や……ここで別れるとき……いきなり刃物で……けど痛かなかった。血も出なかったぜ」

せつらは人混みをふり返った。囮《おとり》を立てた男は、近くで様子を窺《うかが》っているに違いない。

妖糸を放った。

末次の顔は何処だ？

手応《てごた》えがあった。

人の流れの中に、澱《よど》みが生じた。

糸を引くと末次よりずっと小柄な肥満体がこちらを向いた。

顔は末次だった。

「おのれえ」

茫洋と罵《ののし》ったとき、さらに離れたところで次々に声が上がった。

老人も壮漢《そうかん》も若者も子供もいた。一〇人近い人々の顔はすべて末次のものであった。

前もって用意していたのか？　いや、逃亡の途中だ、とせつらは判断した。恐らく逃げながら変貌のメスをふるっているのだろう。一秒とかからず、通行人の顔は末次のそれと化す。

せつらは頭上を仰《あお》いだ。

巨大な気配が移動していく。せつらの追う方角へ。

「危《やば》いかな」

前方の闇を真紅の稲妻が切り裂いた。上空から地上へ。その果てから、どよめきが伝わって来た。それから——倒れる音。

「しまった。やっぱり」

淡々《たんたん》とつぶやき、前方へと走った。

地上一〇〇メートルから粒子砲を放った透明《ステルス》ヘリは、とうに上昇に移っているだろう。

五〇メートルほど先に人垣が出来ていた。

「失礼」

掻き分けて前へ出ると、うつ伏せに倒れたコート姿が見えた。

末次であった。顔だけがこちらを向いている。体型からしても間違いない。何よりも右手にメスを握っている。

警察へリ。

そこから当たることは出来る。

パトカーのサイレンが聞こえた。誰かが通報したのだろう。〈魔界都市区民〉の反応は素早い。

とりあえず警察に任せる手だった。

せつらは人混みに紛《まぎ》れて、あの場所へ戻った。

手首を斬り落とした男は、その場で人に囲まれていた。

痛みのせいでのたうち廻ったらしく、ぐったりとヤキソバとイカ焼きの露店の間に横たえられている。早く手を打たないと警官が駆けつけるのは明らかだ。

かたわらにしゃがんで、

「誰に頼まれた?」

と訊いた。サングラスを外す。

消耗し切った男の顔が恍惚と煙《けぶ》った。五感が失われ、美への奉仕を脳が命じる。

「——知らねえ。インターネットで……秋せつら……あんたを尾行して殺せと……依頼されたんだ。男か女かも……わからねえ……けど、この時間……必ずここへ来るからって……」

「ふむふむ」

うなずいたとき、足音が幾つか駆けつけて来た。

「どいてどいて」

二人の警官だった。〈新宿〉勤務だけあって、どちらもショットガンを構えている。

通行人たちがあわててとびのいた。妖物を狙った弾《たま》がそれて——或《あ》いは妖物と誤解されての事故は、枚挙《まいきょ》にいとまがない。妖物自体がそれを狙って仕掛ける場合も多いのだ。

警官はせつらを見咎《みとが》めた。二人でショットガンを向け、

「何をしてる？　君がやったのか？」

「は？」

せつらがふり向いた。サングラス無し。

「少し待って」

と警官たちに言った。警官は銃口を下ろした。

せつらは、男への問いを再開した。

「君の名は？」

「富山《とみやま》……新吉《しんきち》だ」

「住所は？」

「戸山《とやま》二の××の×『早稲田館』四〇一」

「携帯のナンバー」

「090の×××の×××」

手首を落とされながら恍惚と語る刺客《しかく》、彼への問いを陶然《とうぜん》と聞きつつ何もしない警官。居合わせた人々は、魔法を眼にしているようだった。

「オッケ」

せつらはすぐに立ち上がった。

「後でまた」

男と——警官は片手を上げて人垣を抜けた。

二人が我に返ったのは、美しい若者が人の流れに紛れてからだった。

3

〈市谷署〉の裏庭に出て、大村は久しぶりに大きく伸びをした。

ある女に頼まれた野暮用は、昨夜片づいたとの連絡があったし、確認もした。目下は〈須賀町《すがちょう》〉のDNA研究所を壊滅させた姿なきモンスターの捕縛《ほばく》が急務だが、これにもメドが立っている。研究所所長の女房が所員の何人かと結託し、堅い一方の夫を襲わせたのだ。すでに、所員のひとりの家から、失われたはずの研究レポートも発見済みだ。

問題は、それに気づいたのが大村ひとりということ

とだろう。交渉の余地は充分にある。金は勿論、所長の女房の色っぽさとボディの見事さと来たら久々の大ホームランだ。ここは慎重に策を練る必要がある。

裏庭は散歩コースの他にスポーツ・センターも兼ねている。バスケとバレー、テニスコートから格闘用のリングとサンドバッグ、巻き藁《わら》までがずらりと並んで、何人もが身体を慣らしている。

大村は西の奥に作られた射撃場へと向かった。

二人用だが、どちらも空いていた。

右側のレーンの端に立ち、コントローラーのスイッチON。

両手を肩の高さに上げて、

「お任せ」

と声を張り上げる。

コントローラーのコンピュータへ標的の種類と出現速度と位置の決定を預けるとの合図だ。

いきなり五〇センチと離れていないところに黒ずくめの男が出現した。右手は背広の内側に入っている。

リボルバーだとわかる位置まで出たとき、大村の右手が火を噴いた。グロックM99――最新モデルの抜き射ちには〇・二秒とかかっていない。

眉間《みけん》を射ち抜かれた男は青白い光に包まれて分解した。

二〇メートル・レーンの奥から装甲に身を固めた四足獣が現われた。

凄まじい勢いで突進してくる。口の端からのぞく巨大な牙は二メートル超――串刺しまで五秒だ。

グロックが唸《うな》った。一発目は装甲で弾《はじ》かれ、二発目が、鼻の頭にある直径一センチの息抜き穴を貫いた。

どっと前へのめる巨体が大きく一回転して――消えた。すべては電子の立体像なのだ。

コントローラーのスクリーンに、

早射ちＡＡＡ

精確度ＡＡＡ
と点る。

「やるな、大村」

通りかかった同僚が肩を叩いた。

「これなら、屍さんに勝てるかも知れんぞ」

「まあな」

にんまりしたところへ、

「一〇年もしたらな」

睨《にら》みつける大村を背に、同僚は歩み去った。サンドバッグを叩きつける響きがやかましい。

「糞《くそ》ったれ」

吐き捨てて、レーンを離れた。

眼の前に凄まじい勢いで人影が落下し、音もなく着地を決めた。

驚く前に大村は眼を閉じた。反射的に理解したのである。落下物の正体を。

「はじめまして」

と秋せつらは言った。


「き、君は――サングラスをかけろ」

「かけてます」

薄目を開けて真贋《しんがん》を確かめ、大村はひと息ついた。何事かと近づいてくる同僚を制し、

「どうやって来た？」

「あれ、越えて」

あれとは、署の建物のことだろう。六階建て――二〇メートルの頂きを、この黒ずくめの若者は易々《やすやす》と飛び越え、地上に激突する寸前、ぴたりと静止したのだった。

――これだけ美しけりゃ、慣性の法則も通用しねえな
大村は納得したが、それで終わりにするわけにはいかなかった。

「なぜ、中を通らない？」

「居留守使いません？」

「――人捜し屋だったな？　おれに依頼が来たか？」

「いえ」

とぼけてるとしか思えない口調である。

そもそもこの若いのは、自分が空から落ちて来たことを理解しているのだろうか。

「じゃ、何の用だ？」

「殺人容疑で訴えられたくなかったら、藤沢夫人の行方を教えて下さい」

「なにィ？　殺人って——ふざけたこと吐《ぬ》かすな」

ずんと凄みを利《き》かせた刑事へ、

「それは後で結構。夫人は何処ですか？」

何が起きたのか頭《こうべ》を巡らせようとしたが、うまくいかなかった。この若者に見つめられていたら、宇宙の涯てまでも一瞬で計算するというスーパー・コンピュータだって狂うだろう。

「昨夜、僕の追っていた美容外科医が、警察のステルス・ヘリに殺害されました」

とせつらは言った。金鈴《きんれい》の鳴り響くとはこれか。或いは、誰かの詩にあった、大珠小珠《だいしゅしょうしゅ》、玉盤《ぎょくばん》に落《お》つ、とは。

「僕があそこで医師と会うことを知っている警察関係者はいません。ヘリも、気配から判断するに、〈新宿〉中を当てもなく飛んでいたようです」

「なら、どうしておれを？」

なら、どうしておれとわかったんだ？

「当てはないが、僕と彼とが会うことは知っていた。そう判断できたのは、藤沢夫人だけです。僕はあの女性《ひと》から、医師の携帯ナンバーを聞きました」

「だからといって、その日にちまでは——彼女が透視能力でも持っていれば別だが」

「透視はできませんが、勘は強いのかも知れない。それとも用心深いのかも。ナンバーを教えた相手が、その日のうちにナンバーの主と連絡を取って、その日のうちに会う可能性も見過ごさないほどの」

「ただの推論じゃ、おれを納得させられんぞ。さて、そろそろ仕事に戻らんとな。無礼な訪問は見逃してやるよ」

「夫人のこと――気になりませんか?」

「おれは、そんな女は知らん」

「今朝、散歩に出てそれっきりだそうです。僕がいずれ来ると勘づいて――そこまでは考えていませんが」

「知らん」

「ステルス・ヘリ／市谷二号機――先日、粒子砲を射ったパイロットは、あなたの後輩です。しかも、あなたにあの殺人事件の揉み消しを頼んでいる」

大村には美しい若者が地獄の番卒のように見えた。

末次殺害から半日と少しでここまで調べたのか。

「もうひとつ。『夜市』で僕を狙った富山という男ですけど、彼のいまの職業は、あなたの密使《スパイ》です。ここへ来る前に、病院へ押しかけて質問したら、あなたに頼まれたことを吐きました」

「…………」

「――で、知りませんか?」

「――知らん。そんな女――名前を聞くのもはじめてだ」

「仕方がない。では、手を打ちましょう」

「なにィ?」

「警察の情報網を使って、木村多良子――乃至《ないし》、暮色むつみという女性を捜して下さい。見つけて下されば、後は僕がやります」

「貴様、何を言ってるかわかってるのか? 警察官に対する脅迫だぞ」

「考え方次第です。交渉にしませんか」

大村の右手が閃いた。

指先が上衣の前に触れたところで止まった。

必死で見えない糸から解放されんと力を込めながら、

「貴様――いつ?」

「屋上越えたところで」

せつらは静かに告げた。

「交渉しませんか?」

「おれは警官だぞ。そんな取引ができるか！」

「ステルス・ヘリと富山クン」

刑事は歯ぎしりした。どう考えても取るべき手段はひとつしかなかった。

「――わかった」

と答えたが、見えざる手の捕縛はゆるまなかった。

「その女どもの捜索に協力すればいいんだな」

「はあい」

せつらは肩のところへ右手を上げて応じた。

「ただし――同一人物です」

「それを早く言え」

大村は歯を剝いた。

「顔はわからんのか？」

「写真をコピーして来ました。もうポケットに入ってます」

大村は左手を上衣のポケットに入れ、こいつ何者だという眼でせつらを見た。


「ただし、顔は変わっているはずです。末次医師か――他の者の手によって」

「それで彼を追ってたのか。しかし、他の医者というと、この末次とかいう医者が手術した確証はないのか？」

「はい」

「ところで、何故、夫人を追う？　おれが要求を呑むんだ。もう放っておけ」

「そうですね。ただ――」

せつらの眼がやや細くなった。

「ただ？」

「――何となくですけど、気になります。いわばキーウーマン」

「彼女が、おまえの捜してる相手かも知れんぞ」

せつらは、少し怒ったような眼でふらちな刑事を見つめた。

「そうか。ならついでに、夫人の情報もお願いします」

「ついで、か」

「とにかく、よろしく」

ひとつ頭を下げて、せつらはゆっくりした足取りで、建物の方へ歩き出した。

「連絡は随時《ずいじ》入れます。よろしく」

「おい、屋根を越えて行かんのか？」

「パフォーマンスは好きじゃありません」

大村は溜息をついて、飄々《ひょうひょう》と戸口へと向かう美しい後ろ姿を眺めた。

「おかしな野郎だ」

そのおかしな若者が紡《つむ》ぎ出す美しい蠱惑《こわく》の糸に、いつの間にか絡め取られ、これも妖美な泥沼の中に、もはや脱《ぬ》け出すことも出来ずに引きずり込まれていくような気が、刑事にはした。

第五章　錯走する美女たち

1

二日が過ぎた。

姿を消した恵美子夫人は、せつらの妖糸にもかかわらず、大村と彼の息のかかった警官たちの眼もすり抜けて、〈新宿〉の魔瘴気《ましょうき》の中に溶けこんでしまったようにみえた。

その日の昼食どき、せつらは〈市谷署〉の食堂で大村と会って、お互い空《むな》しい結果を語り合った。

「――駄目？」

「ああ、駄目だ」

大村はうなずいた。

真剣な顔つきが、この悪徳刑事をして、夫人捜しに本気で打ちこんでいると示していた。

「ここまで見つからないとなれば、こりゃ異次元か〈新宿流砂〉か妖物に呑《の》まれちまったか、だ。でなきゃ、生きてるか死んでるかくらいはわかる。そっちはどうだい？」

「全然」

せつらの返事は単純明快だ。

〈新宿〉を脱出してしまったのではないかと思われるくらい引っかからない。

正直、これは異次元かくらいに考えはじめている。

「うーむ」

「うーん」

二人で腕組みをしたが、解決には到らず、黙ってアメリカンとオレンジ・ジュースを飲む羽目《はめ》になった。

それから五分ほど話してせつらは外へ出た。

〈外苑東通《がいえんひがし》り〉を〈市谷薬王寺町《やくおうじまち》〉の方へと歩き出す美影身《びえいしん》の後を、一台のワゴン車がゆっくりと追いはじめた。後部には危険車両を示す髑髏《どくろ》マークが貼りつけてある上、塗装も剥がれた衝突痕だらけだ。いつ車輪が外れるか、エンジンが爆発するかわからないので、先に行ってくれという合図だ。

背後の車の運転手は舌打ちしながらも、触らぬ神に祟《たた》りなしとばかりに、さっさと追い越して行く。

中には二人乗っていた。運転手とせつらの監視及び拉致《らち》担当である。

この二日間、ひっそりと追跡した。秋せつらの恐ろしさ――というか得体の知れなさが、やくざたちを慎重にさせていた。

彼と関わって生還した筋ものたちは皆無《かいむ》に等しいのだ。

想像もつかない索敵《さくてき》、探知能力と斬撃《ざんげき》の技を持つというのは定評だが、生き残った連中はそれを語ろうとしない。殺戮《さつりく》ぶりに怯《おび》えたのか、悪魔の技に戦《せん》慄《りつ》したのか。

二人は幸いにどちらも臆病であった。

で、秋せつらの拉致という自分たちを厄介払いするためとしか思えない指示を与えられたとき、まずは安全地帯からの観察と決めた。せつらの行動パターンを確認し、人間なら必ず生じる一点の隙に賭けようと思いたったのである。

しかし、隙がない。

拉致にはひと気の少ないことが第一条件だが、この二日間、せつらの赴《おもむ》くのは、通行人の多い場所であった。

「野郎、気がついてるんじゃねえですか?」

運転手の言葉に、もうひとりは考えこんで、

「わからねえ。だが、これ以上組の仕事サボってたら、おれたちが組長に拉致されるぞ」

「ごもっとも」

そして、何の結果も出せず今に到る。

ところが、いま。

「曲がったぞ。その先は住宅街です」

乗用車用レーダーを覗《のぞ》いていた運転手が膝を叩《たた》いた。

「多少、人がいても仕方がねえ。やろう」

「オッケ」

運転手が、窓の横に取りつけた超音波麻痺銃《ソニック・パラライザー》を作動さすべく、窓ガラスを下ろしはじめた。

「すれ違うときに眠らせろ。すぐに停《と》めて引っ張り込む」

加速の圧がかかる。

人通りはない。絶好の機会だ。

せつらまで約二〇メートル。

一〇メートル。

五メートル。

いきなり、横合いから乗用車が前方へ廻《まわ》り込んで来た。

「わっ」

「わわっ!?」

急ブレーキの音だけで済んだのは幸運だったが、当然二人は激昂《げきこう》した。

「てめえ、何しやがる」

「表へ出ろ」

とは言うものの、せつら第一は脳に灼《や》きつけられているから、自分たちは下りず、双方窓から拳銃を向けた。

弾丸の代わりに、

「あーっ!?」

絶叫が洩《も》れた。

乗用車の運転席から下りたのは、大村だったのだ。

呆《あ》っ気《け》にとられているうちに、刑事は大股に近づき、右の拳をワゴンの鼻面へ叩きつけた。

それは運転席のコントロール・パネルを突き抜けて車内に現われた。

「サイボーグ手術か強化処置を受けている」

運転手が窓から身を乗り出して叫んだ。

「てめえ――何してるかわかってるんだろうな？

ぶち殺すぞ」

ふり廻す銃口にも構わず、大村は運転席のドアの横に来るや、

「うるせえぞ！　どヤクザ！」

いきなり片手でドアを毟《むし》り取ってしまった。ドア枠が外れ、ボルトが飛ぶ。身を乗り出してた方がつんのめって地べたに抱きついた。その手から拳銃を蹴りとばして、大村は後ろの男を指さした。いつ抜いたのか、指は銃口と化している。

硬直したやくざを見て、にんまりと笑った。

「やっぱ、あんたか。組長の命令かい？」

「ち、違う」

と銃を持った手をふる男へ、

「となると、バイトか。こんなことがさえさんの耳に入ったら指《エンコ》詰めじゃ済まんぜ。なあ、櫓さん――」

ようやく地べたから起き上がった運転手を、大村は勝呂《すぐろ》と呼んだ。

「今のところ、〈新宿〉一の人捜し屋はおれと手を組んでいる。なぜ彼を狙うのか、洗いざらいゲロしてもらおうか」

「う、うるせえ。てめえこそ、うちの組からの援助で分不相応な暮らししてやがるくせに、みいんな無くしていいのか？」

大村が凄惨ともいうべき表情を浮かべたのは、その糾弾《きゅうだん》のせいではなかった。

「わかってる。だが――あの若いのに殺されるよりは――億倍もマシだ」

我知らず、自分たちの背にも冷たいものが走って、我羅門組の幹部と若党は沈黙した。

すぐに、

「しゃべらねえと言ったらどうするつもりだい？」

と櫓が凄《すご》んだが、大村は苦笑いをつくって、

「そう波風を立てるなよ。しゃべったことは外には洩らさねえし、あんたらにも迷惑はかけねえ。それは約束するし、させる。な？」

「けどなあ」

「相手はさえさんだぞ。いいのか？」

「櫓さん――危《やば》いっすよ」

勝呂が全面降伏という表情になった。

「万が一、組長にバレたら――おれ、手を引かせてもらいます」

「この軟弱野郎」

「生命《いのち》あっての物種《ものだね》ですよ」

「そのとおりだ――さ、景気よくしゃべってみよう」

と大村がエールを送る。

「真っ平だ！」

櫓の右足が閃《ひらめ》いた。

反射的にカバー――するのが一瞬遅れて、大村はよろめいた。

廻し蹴りがこめかみに――

その顔面を櫓は狙った。外しっこない距離だ。

世界が白く染まった。凄《すさ》まじい苦痛に発狂した脳の見せる幻覚であった。

こめかみを一撃したバレリーナみたいな蹴りの姿勢で固まった幹部に薄笑いを与え、大村はふり返った。


せつらが立っている。

「助かったよ」

と大村は笑いかけた。

「何の」

「どうやら、あんたを拉致しようとしていたらしい。野良《のら》犬が神を捕らえるに等しい愚行だな。神罰は下るかね？」

美しさだけを考慮すれば、そういう関係と見えないこともない。

「質問に答えてもらおう」

せつらはにべもない。もともと大村を救いに来たのではなく、結果を確かめに戻っただけなのである。大村は共闘関係を結んだ気でいるが、こちらはどうだかわかったものではない。

「どっちでもいい――先にしゃべった方は即解放。遅れたら拷問」

春風に吹かれた眠たげな花のささやきとも取れる声が理解できるほど、死の糸はゆるんでいたらしい。

「藤沢だ！」

　合わせた声の見事さは、世界一の合唱のようであった。

「へえ――あいつがねえ」

　大村は何度もうなずき、

「――あんた、女房に会ったかい？」

「うん」

　とせつら。

「なら、それだな――嫉妬だ」

「はあ」

「自分が、この世の男すべての敵だと理解してねえな、秋さんよ。話は面白いところでつながってくるもんだな。こいつらは我羅門組ってやくざの幹部と若党だ。おれと一緒に、藤沢を脅しに行ったのさ」

　ここでじっくりと二人を睨《にら》みつけ、

「今度の美人コンテストの宣伝や会場設営その他は、藤沢の会社が一手に握っている。その分け前にありつきたくってな。だが、そっちはあんたと関係ねえ。藤沢のは純粋な焼きもちさ」

「藤沢氏は幾つ？」

「もう六〇近いな」

「奥さんは五〇過ぎ」

　こう言って、せつらは首を傾《かし》げた。

「どうしたい？」

　少し危《やべ》えなと思いつつ大村が訊《き》いた。

「愛情が深いといいね」

「はン？」

「会ってみる」

「誰に？　藤沢かい？」

「うん」

「多分、おれの言ったとおりだ。ただのじじいの色ぼけさ」

「僕をどーしろと？」

　せつらが櫓に訊いた。

「拉致して、会社の倉庫へ連れて来いと言われた」

「そうしよう」

「え?」

2

ぐったりと横たわるせつらを見下ろして、藤沢はにんまりと笑った。

「麻酔はすぐ醒《さ》めるのか?」

櫓はうなずいた。

「よし、すぐに醒ませ。人の女房を狙ったらどうなるか、たっぷり教えてやる」

「本当に手え出したんですか?」

櫓が、どこか心ここにあらずという口調で訊いた。

「こいつがコンテストの審査員で、賞品がキスだと発表されたときから、女はみんなうっとりしてますよ。コンテストに出ねえおれの女もそうです。なあ?」

壁際に突っ立ってる勝呂も、へえとうなずいた。その横のテーブルに、チェーンソーやガス・バーナーが並んでいる。

「もういい。蘇生薬《そせい》を置いて出てけ。あんたたちの仕事は終わりだ」

報酬を振り込んだカードを二枚手渡し、ドアの方へ顎をしゃくった。

ドアが閉まった。

せつらを見る藤沢の眼は狂気に燃えていた。

「やっと二人きりになれたな、おい。おれは、おまえを八つ裂きにしてやると女房に誓った。いま果たしてやる」

そこで舌舐《な》めずりをして、

「まったく、サングラスをかけてなきゃ、死ぬまでうっとりと眺めてるところだぜ。だからよ、八つ裂きの前に、別の刑を執行しようじゃねえか、なあ」

藤沢はテーブルに近づき、バーナーのそばに置かれていた金属の小函《こばこ》を開けて、入っていたカプセルを三錠まとめて呑みこんだ。

ズボンを下ろしたとき、彼の器官は黒い鉄のかがやきを帯びて屹立《きつりつ》していた。

「さ、眼を醒ましたら、まず、こいつをおしゃぶりするんだ。硬度は鉄なみだが、感覚は普通の一〇倍だ。これでおれは〈新宿〉ではじめての男になれるぜ」

眠れるせつらに汚怪《おかい》なものが迫って来た。

びん、と空気が鳴った。

腰から下が急に軽くなったように感じて、藤沢は眼を下げた。

鉄の器官は根元から切り落とされていた。血が出ないのが不思議だった。

残ったものを押さえて、藤沢は声もなくその場へうずくまった。そして、少しも痛みがないのに気がついた。血さえ流れていない。

「て、てめえ……眼を……？」

「醒ましてた」

秋せつらはひっそりと起き上がった。

「あ、あいつら――騙《だま》しやがったなあ」

「落ち着いて」

せつらは珍しいことを口にした。考えてみれば勝手に浮気を疑って頭に血が昇ったおっさんというだけだ。せつらに怨《うら》みはない。ないが普通なら武器を見せただけで腕一本くらいは落とされていても不思議はない。ま、もうひとつ落ちているが。

「訊きたいことがあって来ました」

「そんなことはわかっている。い、生かしちゃ返さねえぞ」

「どうして？」

「どうして？　ふざけるな。人の女房を寝取りやがって」

「寝てないけど」

「う、嘘《うそ》をつけ」

藤沢はガス・バーナーを摑《つか》んだ。

炎が噴き出た。

「ほれ、ほれ、ほれ」

とせつらに突き出して威嚇《いかく》する。距離は二メートルもあるから、せつらはびくともしない。

いきなり、バーナーの首がとんだ。

「れれっ!?」

驚きも束《つか》の間、今度はチェーンソーを摑んで、スタート用の紐《ひも》を引いた。エンジンが唸りと黒煙《こくえん》を噴き上げる。その辺の小木《しょうぼく》を断つのではない。大木用の大型だ。

先刻《せんこく》の薬のせいか、軽々とふり上げるや、せつらめがけて駆け寄り——ふり下ろした。

凄まじい火花が散った。

回転するチェーンソーは、不可視の糸によって防がれたのである。のみならず、歯はことごとく吹っとんだ。

今度こそ、藤沢は恐怖の表情を浮かべて後退した。眼前の美しい若者が、それだけが取り得ではないと悟ったのだ。


「ひええ」

一も二もなく逃亡に移ったその足下へ、テーブルがとびかかって彼を上に乗せるや、もとの位置に戻った。

うつ伏せの藤沢を見えざる手が押さえつけた。

「何だ、こりゃっ、動けねえ——おい、起こしやがれ」

「八つ裂きって面白いですか?」

とせつらが訊いた。

「へ?」

「いや、面白いならやってみようかと」

茫洋《ぼうよう》ととんでもない内容を口にする若者に、藤沢は凍結した。

こいつ、本気だ。しかも、慣れてやがる。

「面白くなんかねえ。実にイヤな行為だ」

「でも、僕にやろうとした」

「あれは——当然の権利だ。女房を」

「だから、勘違いですって。奥さん、そう言いました？」

　少し間を置いて、

「――いや、そう言えば」

「でしょ」

「本当か？　本当に何もしてねえのか？」

「ええ、まあ」

「まあ、てな何だ、この野郎――やっぱり」

「その――奥さんが白状しないのに僕をバラバラにしようと思ったのは何故です？」

「その、それは勿論《もちろん》――」

　藤沢は理由を捜した。正当な理由はあった。なのに思い出せなかった。女房はこいつと寝たと言わなかったか？　いや、言った。言ったとも。本当か？――いいや、言ってねえ。じゃあ、何故だ？

　答えは出た。それを黙っているほど藤沢は冷徹な男ではなかった。

「よし、言ってやる。おまえの顔が憎らしかったからだ」

「顔？」

　と言ったものの、本気かどうかはわからない。

「そうだ、その面《つら》だ。畜生《ちくしょう》、見てるだけでゾクゾクして来やがる。男だってこうだ、女ならみいんなおまえと寝たいと思うに決まってる。だから、よ」

　せつらはようやく、まともな内容を口にした。

「それはあんまりです」

「わかってらあ。言い掛かりもいいところだ。けどよ、男ってなこんなもんよ。自分よりいい男は絶対に許せねえ。おめえはそのレベルが凄すぎた。悪態ついて済まされる問題じゃねえんだよ。おれのしたことは、男全部がやりてえことなんだ」

「やれやれ」

　この若者は、どんな言葉も春風に運ばれる。何を考えているのか、さっぱりわからない。

「訊きたいことがひとつある」

　と言われたときも、藤沢は、本当にあるのかと思った。

「――何でえ？」

「奥さんのことを――愛しています？」

「な、なんでえ、おかしなこと訊きやがる」

「答えて下さい」

「あいあいあいあいあいあい」

「わかりました。僕を狙ったのは、やはり言い掛かり。ですが、契機《きっかけ》があの奥さんとは正直思えません」

「な、なんだ、その言い草は？　おれの女房じゃ、てめえを襲う理由にならねえってのか？」

「はい」

「てめ、この」

殴《なぐ》りかかろうとしたが、手も足も動かなかった。

「あの奥さんが怒りの対象にならないとすれば、奥さん以外ということになります。しかし、僕は奥さんにしか会っていない。お手伝いさんは奥さんより美しくありません。となると答えはひとつです。奥さんは奥さんじゃない」

「…………」

「では、失礼」

せつらはさっさとドアの方へ歩き出した。

「ま、待て」

藤沢の制止は、凄まじい苦鳴に取って代わった。

無痛の切断箇所に地獄の苦痛が生じたのだ。

うおおとのたうつ藤沢を残して、ドアは閉じられた。


せつらは真っすぐ、藤沢家へ向かった。

家政婦のみどりに外出時の状況を尋ねてみた。すでにとろけている家政婦によると、一時頃、恵美子夫人に電話が入り、それから二〇分ほどでハンドバッグひとつを手に出かけたという。あわてた様子はなかった。着信記録は非通知であった。

藤沢家を出て、せつらは道路の向こうに停まっている黒塗りの乗用車に向かって、

「出て来たまえ」

と声をかけた。

少し間をおいて現われたのは、櫓と勝呂であった。

「尾《つ》けてたね」

せつらが訊くと、青白い顔を見合わせてうなずいた。櫓が勇を奮《ふる》って、

「お、おお、お、お返しをしねえとな。あれで済んだと思うなよ」

「そうとも。あんときゃ本気を出してなかったんだ。次はああはいかねえぞ」

「――今しよう」

せつらのひとことで、二人はひええととび上がった。

「一度は生きて帰れたのに」

これを、のんびりと言われるから、せつらの正体を知っている者はすくみ上がる。

乗用車――ベンツの後部ドアが開いたのは、そのときだ。

「ちょっと待って下さいな」

女にしては低く渋い声が、せつらをふり向かせた。

艶《あで》やかな和服をまとった、もっと艶やかな女であった。両眼はサングラスで覆われていた。

「うちの者が失礼をいたしました。我羅門組の頭を務めております、さえと申します。以後お見知りおきを」

「はあ」

とせつらは返した。

一時間後、せつらは〈新大久保〉の住宅街に建つさえの邸宅の居間にいた。

「いきなりやくざの親分の家までつき合えと言われたら、警察のお偉方だって引きますよ。それをまあ顔色ひとつ変えずに。ここまできれいだと、肝《きも》もすわるのかしら」

若いお手伝いの運んで来たワインをひと口飲ん

で、せつらを見つめた。ひたすら熱い眼差《まなざ》しであった。

「ご用件は？」

ようやくせつらが訊いた。さえがいくら美しいからと言って、誘われるままにその屋敷を訪れ、今まで本題に入らなかったというのは、奇跡に近い出来事だ。何か企《たくら》んでいるに違いない、とメフィストなら言うだろう。

「もう少し酔いが廻ってからにして下さいな」

さえは自嘲《じちょう》気味に言った。

「こんなこと素面《しらふ》では言えないわ」

「はあ」

手酌《てじゃく》で二杯、三杯とすごし、五杯目を決めたとき、頬はようやくほんのりと染まって来た。

グラスを置く手も色っぽく、しかし、きりりと厳しい表情で、

「あたしを一位にして下さい」

と言った。

「はあ？」

？以外は普通のはあと変わらない。

「出場なさる？」

とせつら。

「あら、いけませんか？」

「いえ。全然」

「そこよ、魚心あれば水心。あたしが一位じゃいけません？」

「いえ、全然」

「なら――ね？」

さえは立ち上がり、帯に手をかけた。

それが衣《きぬ》ずれの音をたてて解《ほど》かれ、さらに着物も肌着も床にわだかまっても、せつらの表情は小春日和《びより》であった。

全身の毛穴から女の香りが匂い立つような裸身には少しのたるみもなく、鴇《とき》色の乳首は欲情に硬く屹《きっ》立《りつ》している。午後も遅い気だるい陽光が、桜色に上気した肌を淫らに染め、女は光の尾を引きながら、

せつらに近づいて、その手を取った。

「どうして審査員の写真が出ないのか、やっとわかったわ。あたしみたいな女が山ほど押しかけるに決まっているもの——来て」

「しかし」

「お願い」

さえは手に力を込めた。

羞恥《しゅうち》などかけらもない。それほど眼の前の若者の美しさは圧倒的だった。やくざの頭目は、怖《おそ》れさえ感じていた。それを消す方法はひとつしかなかった。

　だが、女はまだ知らなかった。

　せつらは逆らわずに立ち上がった。

「ベッドまで待てないわ」

さえは濁った声で言った。熱く濡《ぬ》れたものが、腿《もも》の内側を伝わっていく。

　両手を広げて、

「いま、ここで」

その肌の内側で、何やら青黒い影が動いた。何か——太い管《くだ》のようなものが何本か蠢《うごめ》いている。

それは水の中の生きもののように身体の表面《おもて》へと前進した。その先にあるのは二つの乳房だった。

さえの乳房は十文字に裂けた。四裂《しれつ》の肉の内側にはずらりと牙が並び、奥には赤い食道がつづいていた。

「何人もの男のあれを食いちぎってきた胸だよ」

さえは喘《あえ》いだ。

3

「あんたに怨みはない。無理矢理一位にしろってんでもない。でもその顔を見たらもういけない。あんたのも食わせておくれ。あたしのこの貪欲《どんよく》なお乳に」

せつらはぼんやりと腰を下ろしているばかりだ。

誰が見ても気死してしまったとしか思えない。

　さえの乳房が、ずるりと前へ出た。貪欲な乳は、獲物を見つけた大蛇《おろち》のごとく身体からせり出し、せつらの顔前で停止した。

　それから、ゆっくりと下方へ――股間へと。

「ああ……」

　さえが舌舐めずりをした。

　おそらく、何をするつもりなのかわかっていても、何故なのかは霧の中であったろう。

　乳蛇はさらに下へ――

　そのとき、せつらの手がサングラスにかかった。


　数分後、せつらが立ち去ってから、送りにも出なかった主人を怪しんで居間へ入ったお手伝いは、ソファの上に全裸で横たわる彼女を見て立ちすくんだ。

　顔は表情を留《とど》めず、見開かれた眼は虚無だけを映していた。

　何かが彼女の精神《こころ》のみならず、魂までを奪い去ってしまったのだ。

　その何かが美しさだと、まだ十代のお手伝いにも容易に想像がついた。彼女も秋せつらを目撃していたのであった。

　せつらが邸宅の門をくぐると、

「――無事だったか」

　少し離れたところに停まった乗用車のそばで大村刑事が笑顔をこしらえた。

「はあ」

「送ろう。乗れよ」

　と助手席のドアを開けた。

「どーも」

　せつらも遠慮はしない。

　すぐにスタートさせて、

「用は済んだのかい？」

「いえ」

「珍しいな」

　と眉を寄せ、突然、恐怖に近い表情を作って、

「おい、あの女が何か――いや、女に何かしたのか？」

「悔い改めているか、な」

　しばらく沈黙をつづけてから、大村はようやく、

「……あんた……どんな女にも勝てるんじゃないのか？」

　全身と声は総毛立《そうけだ》っていた。

「無理もねえ、そのお顔ならな。あれか、女組長はもう昇天したか？」

「はあ」

「なら当分はでく人形と同じだな」

「なにか企んでます？」

「いや。何にも」

　大村はとぼけた。胸の中でにんまりと笑った。

　せつらを〈十《じゅう》二《に》社《そう》〉のバス停で下ろし、大村は真っすぐさえの自宅へと戻った。

　裏庭へ廻って塀ごしに集音器を放りこんで、お手伝いひとりなのを確かめ、正門から堂々と乗りこんだ。

「奥さまはいま、休んでおられます」

　迷惑そうなお手伝いに、

「御上《おかみ》の御用だ」

　とＩＤカードをひけらかし、強引に上がりこんだ。

　居間で待っていると、ぼんやりとさえが入って来た。

「何の御用？」

　かろうじて理性の残滓《ざんし》を感じさせる声だが、眼は虚《うつ》ろだ。

　椅子にかけようとするところを、大村は手を摑んで自分の隣りにすわらせた。

「ちょっと、刑事さん」

　咎《とが》めかけるのを、いきなり唇を重ねた。さしたる

抵抗もなく舌も入れられた。

たっぷりと女の舌を弄《もてあそ》んでから、

「どうだ、おれでも感じるか?」

と訊いた。

さえは彼を見つめたが、路傍《ろぼう》の石を見るような眼つきだった。

「あんたが、あの人捜し屋の虜《とりこ》になったのはわかってる。あんな――信じられねえハンサムだ、無理もねえ。おれでイカなかったら、あいつを思い出せ。そうすりゃすぐびっしょり濡れてくるぞ」

強引に着物の前を掻《か》き開いて、白いふくらみに唇をつけた。乳首の方へ滑らせていくと、さえは小さく呻いて身をのけぞらせた。

「こいつは――」

大村は驚き――にんまりと唇を歪《ゆが》めた。

「ちっとも濡れてねえ。よっぽどあのハンサムにイカれちまったんだなあ。こいつはいくら頭使っても無駄か。なあ、もう一遍、あいつに会いたかねえか?」

さえの顔に、はじめて感情の色が湧いた。

ひどく切なげなそれは、大村の行動を束の間躊躇《ちゅうちょ》させた。

「本当に? 本当に会えるの?」

しめた、と胸の中で指を鳴らし、

「おお、本当だ。おれとはマブだちでな」

「なら……お願い……もう一度……会わせて……」

「いいとも。あんな顔して気難しい野郎だが、おれが頼めば大丈夫だ」

さえがすがりついてきたので、大村は驚いた。

「任せとけ、任せとけ」

とうなずきながら、

「ところで、幾つか訊きたいことがあるんだが――協力してくれるよな?」

「――何でも……言って」

「よし、それじゃ、二年ばかり前の、新洋《しんよう》工業の〝工場跡地事件〟で指摘された使途不明金、おたくへ流れたって話があるが、本当はどうなんだい？」

家に戻ったせつらをまず迎えたのは、店――〈秋せんべい店〉からの室内電話だった。

暴動のようでした、とアルバイトの娘は述懐《じゅっかい》した。

開店と同時に数百人の女たちが押し寄せ、幾らでも買うからご主人に会わせてと要求した。

「で、どうしたの？」

「商品を買っていただいてから、警察へすぐ来て下さいと連絡し、店長は留守だと伝えました。そしたら、上がりこもうとしたり、裏へ廻《ま》ろうとしたりする人が続出して、水を撒いて追っ払いました」

「ほお」

「それでも帰らない莫迦《ばか》がいて。私、護身用の拳銃持ってました」

「………」

娘はあわてて手をふった。

「大丈夫です。一発しか射ちませんでした。空に向けてです。さすがに大半は逃げ去りましたけど、向こうにも拳銃持ってる女がいて――」

「………」

「やったるかと思ったとき、警察が来て、ザッツ・オッケーでした。おせんべい代を先に頂いといて正解だったわ」

「良くやった」

とせつらはうなずいた。

「君はバイトの鑑《かがみ》だ」

「嬉しいです」

二人の間にあたたかいものが流れた――ようである。

「でも、店長。あれで収まるとは思えません。コンテストが終わるまで、毎日押しかけて来ますよ。機関銃とバリケードが必要になります」

「うーん。いい手はないかなあ」

困っているのか困っていないのか、さっぱりわからない小春日和の返事であった。

「ありますよ」

娘は待ってましたとばかりに言った。

「え?」

「こういう場合必要なのは、デマゴーグです。信《しん》憑《ぴょう》性のありそうな噂《うわさ》を流すんです。インターネットを使えば簡単ですよ」

「どんな噂を?」

「コンテストの一位はもう決まっている、と」

「ほお」

せつらはうなずいた。娘は首をふった。

「普通のコンテストならそれで済みます。ですが、今度はそうはいきません。みな、そのメダリストを捜し出そうとするでしょう」

「捜してどうするんだ?」

「ぎゅう」

娘は首を絞める仕草をした。

せつらは、ちょっと顔を上向けて、

「それは危《やば》いな」

「防ぐ手はあります」

「どうするんだ?」

「店長がインターネットで、コンテストの前に、この人を一位にすると宣言するんです」

「え」

「一回——一秒間のテロップだけでいいんです。誰かがそれを見れば、その女性を店長が認めたという事実だけが、一人歩きで広がっていきます。大抵の人はそれで諦めます。うざったい人たちも少し残るでしょうけど、それくらいは何とかなります。店長——出て下さい」

「でも、僕が出ても出なくても、その人を選んだことに変わりはない。やっぱり、ぎゅうだよ」

「いえ、ご当人がみなの眼の前で宣言すれば違います」

娘はデジカメ付き携帯を取り出し、せつらの隣りに来た。

「――ひょっとして?」

「はい」

うなずいた。顔が赤い。

「私が一位ではまずいでしょうか?」

「いや、いいけど、君狙われないか?」

「覚悟の上です。店長に選んでもらったんなら、死んだっていいわ」

「いや、選んでないよ」

「そんなことないわ。今更、ひどいこと言わないで下さい。いいって、言ったじゃないですか。裏切るんですか?」

眼が据わっている。そのくせ、焦点はぼけている。アルバイトは、まず自分をまともに見ないようにと、初日から店主に釘《くぎ》を刺される。大抵のバイトは自前でサングラスを用意するが、せつらを前にすると眼の焦点をぼやかしてやり過ごそうとするものも若干いる。見てはいけないけど、見たい。偶然、見ちゃったなら仕様がない――美しい雇い主の顔をひと目でもという欲望の生み出した妥協《だきょう》点だろうが、現実に見てしまうと、二、三日は仕事にならないから、せつらは容赦《ようしゃ》なく馘《くび》を言い渡す。このため、今では九九パーセントがサングラス着用だが、この娘は断固、肉眼に固執《こしつ》した。そして、やはり
――

「選んでない。写真も駄目」

「嘘つき!」

いきなり叫んだ。

「いいって言ったじゃない。私を一位にしてくれるって」

「言ってない」

「辞《や》めます!」

「え?」

「今日までのお給料は振りこんで下さい。これで失礼します」

ひとつ頭を下げると、さっさと横の小部屋へ入ってしまった。バイト用のロッカーがある。着替えを

するつもりに違いない。

憤然《ふんぜん》と娘が出て行ってから、せつらは店の奥へ上がって、加熱ローラーでせんべいを焼きはじめた。営業を中止するつもりは毛頭《もうとう》ない。

五〇枚ほど焼いたとき、表に黒塗りのリムジンが停まった。運転手が下り、後部座席のドアを開けた。現われたのは、梶原〈区長〉であった。

「お邪魔するよ」

と入って来て、鼻をひくつかせた。

「いい匂いがするな」

せつらは黙っている。

「一枚いただけると嬉しい」

「おかけ下さい」

一応〈区長〉の来訪である。

せつらは手近の皿を取り、焼きたてを一枚乗せて、上がり口にかけた梶原に押しやった。醬油《しょうゆ》は付け焼きだ。

「お茶出ません」

「わかっとる」

ぱりん、と小気味《こきみ》よく嚙《か》み砕いてからぱりぱりと店内に響かせ、梶原は満足そうに、

「美味《うま》い」

と言い放った。

「ご用件は？」

せつらはローラーから落ちたせんべいをローラーに戻しながら訊いた。

「それだ。少々困ったことが起きてな」

「はあ」

「このコンテスト開催が決まってから〈区役所〉をはじめとして、あらゆる公共組織の業務遂行《すいこう》に支障が起きておる。わしがひとりでここまで来ると思うかね？」

「そう言えば」

秘書の姿がない。

「第一秘書と第二秘書が有給を取りおった。女子職員百余名も一緒だ。どいつもいい化粧《メイク》師を見つけた

と言いよってな。いや、〈区役所〉の女子職員の八割が休みを取ってしまった。何してるかわかるかい？」

「全然」

「みな家とエステでコンテストに備えておる。君とドクターのキスが目当てだ」

「…………」

「よく考えると、このままでは〈区〉の機能に重大なトラブルが生じかねん。そこで頼みだ。〈新宿TV〉に出てくれたまえ」

「…………」

「その上で、TVカメラを指さし、こう言ってもらいたい。『僕の選んだのは、あ、な、た』」

第六章　暗躍エントリー

1

「そんなことしてどうなるんです?」

せつらは少し首を傾げて訊いた。

「エントリーした女たちは、当然トチ狂う。せつらさんは私を選んでくれたとね」

「まさか」

「普通ならまさかだろう。しかし、相手が君クラスになると話は別だ。あんまり相手が立派だと、自分の身の丈《たけ》と引き比べて、あの人が私なんかと思うのがまともな女だ。ところが、君に言われると、凄すぎて、比較の対象にすらならない。するとどうなるか? 誰も選ばれないなら自分だ、と思いこむのだよ」

「女性に詳《くわ》しい」

「何の何の」

誉《ほ》められたと思ったらしく、梶原は胸を張った。

「それと公共サービスの回復とは――」

「女ごころというのは不可思議なものでな。こうなると、我を忘れてうっとり――とはいかんのだ。一段落したと考える。みな仕事に戻るだろう」

「本当《ほんと》に?」

どうでもいいという調子でせつらが訊く。

「本当だ」

梶原は重々しくうなずいた。

「――と思う」

「しくじったらどうするんです?」

「そんなことはない」

「万がいち」

せつらも珍しく食い下がる。それなりに興味はあるらしい。

「助役を二、三人降格させればよろしい」

「やっぱり」

せつらは納得した。

「しかし、業務は停滞しっぱなしですよ」

「心配するな。コンテストのことなど知らんし興味もない婆《ばあ》さんたちを臨時に雇用して持たせる」

「お断わりします」

「な、何故だ!?」

梶原はとび上がった。簡単に済むと思ったらしい。

「それでも、隠密行動が必要な場合があります。顔は売りたくありません」

「むむ」

「顔をアピールしても平気なのは、僕よりメフィストのほうです」

「おお!」

梶原は膝を叩いた。

「それは気がつかなかった。そうだ、ドクターがいたぞ!」

本気で忘れていた——というより、せつらしか頭になかったらしい。

「邪魔したたな。無駄に時間をつぶしてしまったわい」

恩知らずもいいところの台詞《せりふ》を吐いて、さっさと出て行ってしまった。

藤沢恵美子——否《いな》、真木みち子は〈歌舞伎町〉にいた。

〈旧区役所通り〉を〈職安通り〉へと昇る途中に、〈バッティング・センター〉がある。

その裏に、黒テントを張っただけのこんな教団があるとは、〈区民〉ですら知る者は少ないのではないか。

テントの表面には、

「美と才能の教団」と看板がかけられ、二〇坪に満たない内部には一〇〇人近い男女ですし詰めどころか、善哉《ぜんざい》状態だ。

家へかかって来た電話は、〝教祖〟——木村カーンからのものであった。

是非《ぜひ》会いたいという。

その声に引かれるように訪れると、若い女が現われて、テントの裏にある簡易住宅へと導いた。

ここでお待ちを、と女は去り、坩堝《るつぼ》の中の人々を思いながらみち子は時間を過ごした。

やがて、低いが重々しいどよめきが波のように伝わってきた。

儀式が終わったのだろうと思った。

待つほどもなく、ドアの向こうに足音が近づき、長身に紫の長衣をまとい、同じ色の蝶仮面《パピヨン》をつけた男が入ってきた。窓のカーテンを閉めてから、

「木村カーンだ」

と名乗った。

みち子は微笑した。すぐに嘲笑《ちょうしょう》に変わった。

「いつから新興宗教の教祖さまに成り下がったのよ、勘吉?」

教祖も相好《そうごう》を崩した。

「おお、その声だ。色々あってな。捜したぜ、姉ちゃん、なんでそんなチンコロ女に化けてるんだ?」

「本当はこっちよ」

みち子は右手で顔をひと撫《な》でした。

「おお!?」

勘吉は眼を見張った。

「なんて別嬪《べっぴん》だ。これなら凄《すげ》えタレントになれるぜ」

みち子は立ち上がり、弟を抱きしめた。

それから一時間以上、カーテンの隙間から差し込む光が青を帯びるまで、二人は身の上話に興《きょう》じた。

「なんでこうなっちまったのか、正直、おれにも良くわからねえんだよ」

とカーンこと勘吉は言った。

「ここへは、姉さんを捜しに来たんだ。〈新宿〉一の人捜し屋んとこへ行ったとき、組の連中に襲われた」

「あんたがチンピラやってた組ね……だから、捜すなって書き置きを……」

勘吉は激しく首をふった。

「もう遅い。あいつらがおれを殺すつもりだとわかったとき、おれはキレちまった。そうしたら……あのハンサムな人捜し屋もびっくらこいたろうよ」

「人捜し屋って……ひょっとして……」

姉のつぶやきに、勘吉はべっとりと白粉《おしろい》を塗った顔を向けたが、みち子は横を向いてやり過ごした。

「気がつくと、おれは別人になってた。どもりも、薬中《ヤクチュー》も完治して木村カーン大教祖さまさ。多分、昔からキレるたびにおれを呑みこんで来た奴が、精神《こころ》を変えちまったんだろう。おれはここに、この空地に横たわってた。だが、前のおれじゃなかったんだ」

横たわる彼の下へ、男と女がやって来て、身ぐるみ剝ごうと試みた。

「おれはそいつらに、何故こんなことをする？　と訊いた。あたしの顔を治すためよ、と女が答えた。時間は夜だった。月の光の下で見ても、とんでもねえ化物だった。無理もねえなと思うと、急に同情心が湧いた。おれは、いま治してやると言った。男は嘲笑《あざわら》ったが、女は笑わなかった。ホント？　と訊いた声は、おれが今まで耳にした中で、いちばん切実だった。姉ちゃんなら莫迦莫迦しいなんて言わねえよな。おれには自信があった。それで男を無視して、女の顔に手を当てたんだ」

一分とかけずに放した。女の顔は平凡だがまともな面貌《めんぼう》に変わっていた。

男が化物と叫んで、手にしたナイフをふりかざした。その脇腹に女が突っこんだ。

「ナイフで刺しちまったんだ。痛《いて》えよ痛えよと泣きわめく男をなだめすかしながら、おれにこういった。恩は一生忘れねえ。あんたは必ず何かをやる人だ。そのときは必ずお返しをしに行くとな。約束を守ったぜ。さっき、姉ちゃんをここへ案内したのがそれよ。今じゃ一番弟子兼私設秘書だ。なあ、姉ちゃん、おれはこの街でもっともっとでっけえ存在になれそうだぜ」

みち子はそれまで、むしろ痛ましげな眼差しで見つめていたが、ここで、

「あんたの力——どこまで出来るの？」

と訊いた。

「最初は崩れた顔をまともにしてやるのが関の山だったが、毎日、進歩してるらしくてな、今じゃ、並の女どもをかなりの別嬪にしてやれるよ」

みち子はうなずいた。テントの中の信者たちが、ほとんど女だったことを納得したのである。

「コンテスト用？」

「ああ、大概のはそうだ。違うというのもいるが、顔見りゃわかる。今度の美人コンテスト目当てよ。女てな美しさに関しちゃ化物じみてるな。大層な金を持って来てくれるぜ。おっと、おれは礼金なんか受け取ってねえよ、お布施《ふせ》だ、お布施」

「良かったわね」

とみち子は優しく言った。

「——で、あたしの電話はどうやって見つけたの？」

「それはなあ」

勘吉は、アイシャドウと付け睫毛《まつげ》で別人のように狂的に見える眼を細め、気がついたら分かっていたと言った。すぐ連絡しなかったのは、その前にいまの成果を得るためだ。

「いつもの——あたしが呼んでた〝悪魔くん〟の仕業《しわざ》ね」

「だと思う」

とうなずく表情に引っかかるものを感じて、

「違うの？」

勘吉は眼を瞬《しばたた》き、ひどく曖昧《あいまい》な表情になった。

姉のことなど忘れた風に、

「いや、よくわからねえ。いつもと同じだよ、多分」

と言った。それから、

「姉ちゃん、これからどうするんだ？〈区外〉でタレント活動か？」

「いえ」

「どうするんだ？　タレントやるために、そうなったんじゃないのかよ？」

「その前に、やりたいことが出来たのよ」

決意じみた姉の顔を無言で見つめ、勘吉はすぐに気がついた。

「――まさか……コンテストかよ？」

返事はない。

姉――木村多良子は、真木みち子という女の顔で前方――虚無の詰まった未来を凝視しているのだった。

そのままでいたら、姉にも弟にも幸福《しあわせ》だったかも知れない。

だが、彼女は首を曲げ、弟を見据えた。

「――姉ちゃん……」

このとき、勘吉が見たのは未来だったかも知れない。

それきり二人は石と化して、青い光に馴染《なじ》んでいった。


その深更、「院長室」の大デスクを前に、カルテ作成に励《はげ》んでいたメフィストは、ふと羽根ペンを止めた。

秋せつらを凌《しの》ぐ唯一の美貌が、ゆっくりと上がってドアの方へ視線を投げた。

お前ひとりだ、とドアは告げた。

「いや」

とメフィストは応じた。

ドアの外に誰かがいる。間違いないのはひとつだけ――女だ。

「入りたまえ」

と声をかけた。

無言と静寂が返事だった。

不意にきしみが鳴った。

ガラスとも網ともつかぬドアがこちらへしなる。

その姿は途方もない力が外から加えられているとし

か見えなかった。

「入りたまえ」

とメフィストは繰り返した。

「正当な理由があれば、ドアは開く。だが、これは——」

「開けて下さい」

とドアは訴えた。ドアの向こうのものか。

「入りたまえ」

「開けて下さい。お目にかかってお願いしたいことがあります」

「聞こう」

「会って下さい。会って下さい。あなたのその美しいお顔を見ずには何も言えません」

「ならば引き取るが良い。我々は相容《あいい》れぬ存在なのだ」

「存在だなどと大仰《おおぎょう》な。私たちはあなたのお顔を見て話をしたいだけ。お願いです。お願いです」

「君たちは妄執《もうしゅう》だ」

メフィストはにべもなく言った。

「よくぞここまで侵入し得た。女というのは愚物だが、恐ろしいものだな。何が望みだ？」

「あなたと——秋せつらの口づけを」

「それなら論外だ。今日、〈区長〉とやらも不埒《ふらち》な要求をしてきたが、追い帰した」

「どうしても？　どうしても？」

ドアの向こうの気配と声は渦のように巡った。

「行きたまえ」

「では——入る。おまえの美しい顔を見ながら、その唇を吸うとしよう」

ドアがさらにきしんだ。

メフィストの右手が上がり——ふられた。

かっとドアに突き刺さったのは、手にした羽根ペンであった。

それにどのような力があったのか、声も気配も斬撃を受けたがごとく途絶えた。

「退散したか」

メフィストは立ち上がってドアの前まで歩き、羽根ペンを抜き取った。

「ほお」

ドアが元の状態に戻らないことへの評言だったか。左手をのばして、表面に触れると、復元は成った。

「女の執念というのは感嘆《かんたん》に値《あたい》する」

美しい医師はドアを見つめて言った。

「だが、所詮《しょせん》は女だ。自分の詰まらぬ美意識以外は眼にも入らぬと見える。世界の半分があいつらでは、何も変わらぬはずだ」

白い医師はドアに背を向けた。

歩き出す前に止まった。

「また、か」

足下を見た。

光る広がりは――水だ。

それは、ドアの下ではなく、表面からこぼれていた。

「治療が必要かな」

メフィストは視線を移した。

その瞳の中に、ゆっくりと青白い女の顔が浮かび上がって来た。

2

幽《かす》かな音が、せつらの眼を醒まさせた。

誰かがせんべい店のシャッターを叩いている。

小さく遠慮がちな小叩《タパ》は、女のものと思《おぼ》しかった。

無視しても、熄《や》まない。

「羊が一匹、羊が二匹」

とせつらは唱えはじめた。

一〇一匹まで数えたとき、それと小叩音が合っていることに気がついた。

「くそ」

起き上がって店へ行き、座敷から下りた。

放った糸は、コート姿に長い黒髪の女と伝えて来た。やや鼻は低いが美人のほうだろう。

「何じゃらほい？」

とシャッター越しに訊いた。

「もうじきです」

それこそ蚊《か》の鳴くような声であった。

「何が？」

「もうじきですよ」

「あのね」

突然、女が遠ざかるのを妖糸が伝えた。バス停へ向かって走り去っていく。

糸を絞った。手応えはない。それなのに疾走は伝わってくる。

「これは――」

消えた。

少し考え、せつらはオフィスへ戻って着替えを済ませた。その間に、仕掛けておいた電気ポットのお湯を、玄米茶のティーバッグに注いで一杯飲《や》った。


熱が身体を流れ、たちまち意識が鮮明化する。

外へ出た。

黒いロールス＝ロイスがやって来たのは、確かに、もうじき――二分ほど後だった。

下りて来たメフィストは、店前に立つせつらを見て、

「無事らしい」

と言った。

「何とかね」

「誰かが教えたか？」

自分の来訪のことである。

「ああ。幽霊だ」

「幽霊？」

「感じでわかる」

「それがどうして君に私のことを？」

「こっちが訊きたい」

「ふむ」

メフィストはうなずいた。

「入る？」

とせつらは訊いた。

「うむ」

二人は六畳間で卓袱台《ちゃぶだい》をはさんだ。

「久しぶりだ」

メフィストが四方を見廻した。こんな彼を見た者はいない。

「そうだっけ」

「何年ぶりかだ。変わっていない」

「稼ぎが悪いんだ。お茶飲む？」

「いただこう」

「せんべいは？」

「いただこう」

菓子皿に入れたざらめを一枚取って、白い医師は懐《なつ》かしそうに眺めた。

「これも変わっていない。いい色だ。砂糖の粒揃《ぞろ》いも申し分ない。君はこちら一本に絞るべきだ」

「余計なお世話だよ」

ぱりん、と常人と等しい破砕《はさい》音をたてて、白い医師はざらめを嚙み折った。嚙み砕く音もみなと同じだった。

呑みこんでから、

「芸術だ」

と言った。

「それほどでも」

せつらはお茶をすすめた。

メフィストがひと口飲んでから、

「どう？」

「結構だ」

「やた」

「――何を？」

「何でも」

さっきいれたティーバッグの残りである。

「ところで、ここへ来た理由は？」

「私の部屋のドアの表面に、青白い女の顔が浮かんで、もうじきですよと繰り返した。後は勘だ」

「うちに来たのもそれだな。心当たりは？」

「びしょ濡れだったところを見ると、ある沼に捨てられた女の死霊だろう。いずれ紹介しよう」

「結構」

せつらはにべもなく反応して、

「その死霊は何で出て来た？」

「決まっている」

「コンテスト？」

「他にあるかね？　美とやらを競うとなると、安らかに眠ってもいられないらしい。愚かな。女の典型だ」

「役に立つようだぞ」

せつらが三和土《たたき》の方へ眼をやった。

「人が来る。ざっと三〇人――武装してるな。松明《たいまつ》も持ってる。もうじきてのはお前じゃない。こっちだ」

「焼き打ちかね」

「他にあるか？」

「しかし、なぜ君を？」

「病院をってわけにはいかない。待ってろ」

せつらは立ち上がった。

シャッターの前で、メリーさんの羊と二七回唱えたとき、〈新宿駅〉方面から黒い集団が月光を松明の炎でふり払いつつ現われた。

せつらを認めると五メートルほど前方の路上で停止した。全員、血相を変えている。

「――秋せつらだな？」

先頭のゴマ塩頭が敵意に満ちた声で訊いた。

「はあ」

「おれたちは、その――あんたが審査員をやる美人コンテストの反対派だ」

「はあ」

「その――コンテストが発表されてから、おれたちの娘や女房――だけならまだしも、祖母《ばあ》さんまでが色気づいて、家の中は滅茶苦茶《めちゃくちゃ》だ。飯は作らない、掃除もしない、洗濯物は溜《た》まる一方、赤ん坊は放りっぱなし、子供は革命の本を読みはじめた。責任を取ってもらうぞ」

「責任って――これを企画したのは梶原〈区長〉です。文句はそっちにつけてくれませんか？」

せつらの言うのが道理である。しかし、春風駘《しゅんぷうたい》蕩《とう》たるしゃべりは、頭に血がのぼった男たちを鎮《しず》めることは出来なかった。

「女たちは、梶原のひとことも口にしない。秋さま、せつらさま、メフィストさまだ」

しめた、と思った。

「なら、メフィスト病院へ。焼き打ち、いいんじゃないですか」

「おれたちは暴徒じゃない」

と別の――ショットガンを抱えた男が叫んだ。

「病院を焼けるものか」

うちならいいのか、とせつらは考えた。

「すると、ここは手頃だと？」

「そんなことは言ってない」

と最初の男が唇を歪《ゆが》めた。

「だが、このままでは気が収まらん。そこでここへ来た」

手頃じゃないか、とせつらは少し憤《いきどお》った。

「とにかく、こんな時間にデモするのはお門《かど》違いです。帰れ」

と言った。

「貴様――責任を回避するつもりか？」

「卑怯《ひきょう》もの」

「色男ぶりやがって」

「男の敵め。観念しろ」

「みんな――松明を投げろ」

声を合図に、火の粉《こ》を撒き散らしつつ、十数本が〈秋せんべい店〉へと飛んだ。

投げた連中は怨み半分、愉《たの》しさ半分であった。投げる前は、ぼや程度でいいかなと思っていたが、投げてからは、燃えても仕様がねえ、いっそ派手にいけとヤケクソになった。

まさか戻ってくるとは予想だにしなかったのである。

空中で方向を転じた炎の塊りは、容赦なく投擲《とうてき》者の顔面を襲った。

「ひえええぇ」

「あ、熱い」

もろ顔を焼かれて絶叫を放つもの、かろうじてカバーしたら、代わりに髪の毛に引火したもの、セーターに火が点いたもの——路上は阿鼻叫喚《あびきようかん》の巷《ちまた》と化した。

何が起きたかわからない。いや、現象的には投げた物体が戻って来ただけだが、どうしてそうなったのかわからない。ただひとつ、負傷者にも無事な連中にも明らかなのは、その犯人であった。

月光の下に、なお美しく、飄々《ひようひよう》と立ち尽くす黒衣の若者だ。だが、誓っていうが、ずっと彼を監視していた男たちも、その指一本動くのを見ていない。実は指先と拇指《おやゆび》が、信じがたい微妙で神速な動きを示しているのだが、たとえ眼にしても、それと知れるものではない。

それでも男たちの推理の対象はひとつしかなかった。

「ふざけやがって」

ひとりがショットガンを構えた。

その銃口が天へと撥《は》ね上がる、或《あ》いは引金にかけた指が落ちる——その寸前、

「よしたまえ」

せつらの背後から、玲瓏《れいろう》たる声が命じた。白いケープ姿が、いつの間にか路上にいたことに、猛《たけ》り狂った脳の見せる狭隘《きようあい》な視野しか備えていない男たちは、気づかなかったのである。

ひと目見て、彼らの狂気は霧消《むしよう》した。

自分たちの行為を客観的に見て血の気の引いた男たちは、こう言い放つしかなかった。

「ドクター・メフィスト」

路上に月光を刷《は》いて、白い医師は言った。

「左様《さよう》。家の内部《なか》で拝聴したが、皆さんは極《きわ》めて過度の精神的昂揚《こうよう》状態にある。しかし、〈新宿警察〉はそれ故《ゆえ》の暴力行為を寛恕《かんじょ》してはくれん。加えてこの店のご主人は、あなた方にどうこうできる人間ではない。お退《ひ》きなさい」

それは、信者に下賜《かし》される神の声にも等しい効果を生んだ。暴徒たちは後じさり、一斉に散ってしまったのである。

後にのこるは冬の路と、美しい双身《そうしん》の影ばかり。

「男たちの暴走か——想像はしていたが、厄介なことになりそうだ」

神韻縹渺《しんいんひょうびょう》たるメフィストの言葉に、

「気持ちはわかるけど」

これも冬の夜に春風駘蕩たる秋せつらの声が応じた。

「ドクター・メフィストが出て来たら、蛮勇《ばんゆう》も醒めただろ。当分は我が家も安泰《あんたい》安泰」

「だといいが」

「駄目かな」

「男と女の精神と身体の問題だ。コンテストが収まるまで、おいそれと片はつくまい」

「ふたたび焼き打ち？」

「気をつけたまえ」

「ひとつ相談がある。戻ろう」

「何だね？」

歩きながら、せつらは相談とやらを口にした。

「断わる」

「一日、〈秋せんべい店〉特製のざらめを一〇枚でどうだ？　この焼き方は秘中の秘だ。ぼくでさえあんまり見事な出来なので、見るだけにしてある」

メフィストは足を止めた。

「本当かね？」

「本当《ほんと》」

「中で話し合おう」

「そう来なくちゃ」

せつらは、さして感動した風もなく、メフィストの背を叩いた。

3

コンテストが巻き起こした波紋には、確かに大きなものがあった。

女たちは――老若《ろうにゃく》の区別なく――男――夫、恋人、その他――を無視して自らの美の向上に邁進《まいしん》し、飯が出来ていないというような、極めて対照的な原因によって、家庭内での抗争を繰り返した。

職場ではもっと即物的かつ阿呆《あほ》らしい理由であって、

「お茶が来ない」

「コピーはどうした?」

を皮切りに言い争いがはじまり、そして、男たちは敗退していった。女たちの捨て台詞《ぜりふ》、

「知りません」

に対抗する言葉はなかったのだ。

残るは暴力だが、この街に関して、これは男の優位を保証するものではなかった。

一例として、ある暴力団員の家庭が挙げられる。

女房が整形美容師の下へと連日通い詰め、高価な化粧品を購入しては三面鏡の前から動かなくなったため、男は愛人のマンションで憂《う》さ晴らしを図ったが、この女が完全に美に対する誤解と錯覚に満ち満ちていたため、怪物としか思えぬメイクや美顔術にうつつをぬかし、ある日男は、ドアを開けざま、迎えに出た愛人に発砲――死に到らしめてしまったのであった。

さらに悲劇的な例は、〈新宿〉にも数少ない「銭湯」の番台であった。

〈大久保二丁目〉にある「見たけりゃ湯」の番台には、代々男の子が坐《すわ》っていたが、ここ数日、やって来る女常連たちの顔が異様――というか正視に耐えない代物《しろもの》ばかりになり、まとめて来ると百鬼夜行《ひゃっきやこう》。

それが、石ケン頂戴《ちょうだい》だの、鏡が歪んでるわよだのと直接交渉に来るものだから、男の子はノイローゼになり、ついに番台を降台してしまった。

かくの如《ごと》き悲劇を生みながらも、美への狂走は止《とど》まるところを知らず、女たちは日ごと恍惚《こうこつ》と鏡を凝視し、男たちは、こんな状況を造り出した連中への制裁の策を練った。


翌日の早朝、勘吉と多良子はこんな会話をした。

「なあ、姉ちゃん。おれ、こんな団体をやるためにこの街へ来たんじゃねえんだ」

パジャマに着替えて、勘吉はソファ・ベッドに潜りこんだ。

「何しに来たの?」

「姉ちゃんを捜しにさ。おれは今でも姉ちゃんを応援してるんだぜ。なあ、タレント活動まだやる気があんなら幾らでも力になる。タレント事務所の女どもをみんな美人にしちまや、一発でおれの言うことを聞くようになる。姉ちゃんは世界一でかい事務所の専属タレントさ」

「なんか、ダサいわねえ。もういいわ」

「いいって——じゃ、どうするんだよ?」

「あんた新興宗教やりなさいよ。あたしはもういいわ」

「もういいって何だよ?」

「カスみたいなタレント活動なんかより、ずうっと大きな目標が出来ちゃったのよ。はい、もうお寝《やす》み」

「ちょっと待ってくれ」

勘吉はあわててソファから起きた。

「じゃあ、おれは何のために? 街金に金借りて、それでも足りねえから、組の内部情報を別の組にチクって、ようやくあの色男を雇ったのは、姉ちゃんを捜し出すためだったんだぞ。おかげで組の奴らは、今もおれを捜してるだろう。じきにここも嗅《か》ぎつけられる。おれはどうすりゃいいんだよ?」

「ごめんね」

「そそれでお仕舞《しま》いかよ。おれ、もう何処へも逃げられねえんだぞ」

「〈新宿〉」

「よしてくれ」

「大丈夫よ、ここなら。やくざなんか屁《へ》とも思わない壊し屋がうようよいるんだから。二人も雇えば、あんなチンケな組ぐらい、まとめて土の下に埋めてくれるよ」

何処まで行っても平行線、と勘吉は覚悟を決めた。

「姉ちゃん――二人で逃げよう」

「やーよ」

「どうして!?」

「あんたといたら、あたしまで組の連中に狙われるもの。それに――」

「美人コンテストの一位か?」

「あら。よくわかったわね」

姉――多良子は、感心したように眼を細めた。顔はみち子のままだから、どんな表情になっても色っぽいことこの上ない。

「おれの信者も九割九分までそれよ。コンテスト病としか思えねえ。やっぱあれか？　審査員のキス目当てか？」

「それもあるけど、あたしはあの二人に認められたいのよ。君こそ〈新宿〉一の美女だって。この街には、幾らでも美しい妖物がいるわ。人間は幾ら努力してもあいつらに勝てない。けど、あの二人の審査員だけは別。魔法の美しさを凌げるのは魔法以上の――神に近い存在よ。あの二人がそれ。なのに、少なくとも片方はあたしたちと同じ生身の人間だわ。なんて凄いことが世の中にはあるんだろ。これで理由《わけ》がわかったでしょ。みんなが一位になりたがる理由《わけ》が？」

「あいつの――せつらに認められたい。それだけかよ？」

「あたしはね。他の出場者に訊いてごらんなさい」

勘吉は頭をふった。

「なんてこった。〈新宿〉中の女が、あいつに操られてるのか。ムカつくぜ」

「なら、美しさに、って考えればいいのよ。どう？」

そのとき、首を横にふれるものが世界にいただろうか。

勘吉はうなずいた。その頬は上気し、目は恍惚とうるんでいた。思い出した——それだけで。

「全くだ」

勿論、これしか出なかった。


同じ頃、梶原〈区長〉はふと眼を醒まして、妻のベッドを見た。

いない。

トイレかと思ったが、妙な胸騒ぎがした。

彼は立ち上がり、シーツに手を当てた。少しぬくみがある。出て行ったばかりだ。

我ながら阿呆なことをと思いつつ、梶原〈区長〉は寝室を出た。

うす暗い廊下をトイレへと向かった。

明りは点いていない。

——違うか。すると、何処だ？

その肩に、ひょいと手が置かれた。

愕然《がくぜん》とふり向いた。声を出さなかったのが奇蹟《きせき》だ。

家政婦の加島江梨《かしまえり》が、こわばった表情を向けていた。

「何してる？」

声を押し殺して訊いた。家政婦の答えは、もっと小さかった。

「奥さまでしょう？」

「——知ってるのか？」

「はい。居間です」

「どうしてわかる？」

「二日前――トイレに起きたら、奥さまが居間へ入っていかれました」

まだ若い家政婦は総毛立《そうけだ》っていた。

「――ひょっとして、毎晩か?」

「はい」

「今夜も、か?」

「はい」

江梨を帰して、梶原は居間へと向かった。

ドアに隙間があった。

息を殺して覗いた。

廊下よりも闇がうすい床の上に、ガウン姿が正座し、両手を顔に当てていた。

こちらに背を向けているので顔は見えないが、何かを塗りたくっているようだ。前にあるのは古い三面鏡だ。

――こんな時間に、化粧か?

冷たいものがこみ上げて来た。心臓が激しく打ち出す。

――こいつまで、憑《つ》かれているのか?

知らぬ間に何処かに力が入ったらしい。

ドアがかすかな音をたてた。

居間の女がふり向いた。

白粉《おしろい》を塗りたくった顔の中に、真紅の瞳と血塗られた唇がこちらを向いた。

すうと立ち上がり、こちらへ向かってくる――梶原は足音もたてず、しかし、脱兎《だっと》のごとく廊下を走って、寝室へとびこんでいた。

恐怖の乱打をつづける心臓を何とか整えようと焦《あせ》りながら、何を怯《おび》えてるんだと、自らを叱咤《しった》する。

女房が夜明けに、居間で化粧をしているだけではないか。何処がおかしい?

おかしいだらけだ。こんな時間にわざわざ居間へ昔の鏡を持ちこんで化粧する女がどこの世界にいる? ましてや、何だあの化粧は? まるでお化け屋敷の人形だ。

だが、怖い。不気味だ。そして、妻は勘づいた。

じきにやって来る。

――数でも数えるか
巷ではやりの数え歌があると、数日前に秘書が知らせ、ついでに教授してくれた。

「具体的なイメージは持たないで下さい。眠れなくなります」

必死の思いで梶原は胸の中で歌いはじめた。

――外谷《とや》さんが一匹　外谷さんが二匹
不思議なことにイメージはどんどんふくらみ、具体的になり、ついにそいつが柵を越えたとき、轟《とどろ》きまでが鮮明に聞こえて来た。

二〇匹に達したときは、梶原の眼は爛々《らんらん》とかがやき、柵を越えるものは、イメージどころか現実そのものにふくれ上がって、梶原にとって無意味な行為を繰り返すばかりだった。

――何だ、こいつは!?

さすがに頭へ血が昇った。

ドアがきしんだ。開いたのだ。足音がゆっくりと近づいてくる。その背後でドアが閉じた。

――外谷さんが二一匹　外谷さんが
その耳もとで、

「――あなた、起きてらしたのね？」

と尋ねる妻の声が聞こえた。

それが、怪生物の柵越えさえしぼんでしまうような不気味な響きであって、梶原は布団の中で凍結した。黙っていても済みそうにない。

「――いや」

と答えた。妻は彼に寄り添ってはいるが、何処にも触れず、声だけが耳朶《じだ》を震わせているのであった。

「――後を尾《つ》けましたね？」

「い、いや。いま眼を醒ましたばかりだ」

少し黙ってから、

「嘘《うそ》」

と妻が言った。梶原の心臓が一瞬、止まった。

「本当だ」

梶原の身体は震えはじめていた。息はあたたかいのに、氷のようだ。

「見ました、ね？」

これが四〇年も連れ添った女の声か。

歯まで鳴っている。

「見ていない。何も見ておらん。ずっとここにいた」

「——本当に？」

「本当だ」

妻が見つめている。その顔を想像した途端、〈新宿区長〉は意識を失った。


眼が醒めたのは昼近くであった。

キッチンへ行くと妻が食事の用意をしていた。

「江梨は？」

「辞めました」

立ちすくむ夫へ、

「早くお座りになって、よく寝てらっしゃるので起こしませんでしたけど、遅刻ですよ」

妻は平凡な顔で笑いかけた。

第七章　美しき殺し屋

1

グレーの革手袋がドアを閉める寸前、ベッドの上に上体を起こした中年女がちらりと見えた。

「見てのとおりだ。あれが組長の成れの果てさ」

こう言ったのは、〈我羅門組〉の幹部櫓である。

「噂《うわさ》は〈区外〉でも聞いてる。相当な相手だな」

低い声の主に櫓と、付き添いの若党・勝呂は舌を巻いた。組長――さえのみじめな状況云々《うんぬん》よりも、そんな目に遭《あ》わせた張本人の実力を看破《かんぱ》してのけたのだ。

「正直、〈区外〉に頼るのには反対もあったんだが、さすがトップだ。頼らせてもらうぜ」

櫓の声は低い。ひっきりなしにすれ違う医師や看護師、患者や見舞いたちを慮《おもんぱか》ったのだ。

「おい、おまえもお願いしねえか」

櫓に言われても気づかず、とうとう肘《ひじ》打ちを鳩尾《みぞおち》に食らって、勝呂は我に返った。

咳《せ》きこみながら、

「よ、よろしく頼んます」

と頭を下げて、

「――あんまりいい男なんで、見惚《みと》れちまいました」

惚《ほ》れ惚《ぼ》れと、手袋と同じ革コートの主を見つめた。

どう見ても二〇代前半の美貌は、天上の美女だ。現に彼に気づいた女性は例外なく呆然《ぼうぜん》と立ちすくむし、すれ違った相手も例外なく頰を染めてふり返る。当人も充分に意識しておかしくないものが、全くどこ吹く風で、注目の視線さえ気にも留めぬ風だ。

ロビーへ出る間に、櫓は一〇人近い人間に目配《めくば》せを与えた。さえ用の護衛が配置されているのである。医師や看護師、見舞いに化けているから、まずそれと気づかない。

病院を出てから、三人は近くの談話ルームへ入った。

あらゆる盗撮盗聴装置から遮断《しゃだん》された部屋で、櫓は男の前に、一枚の写真を置いた。

眼をやって、男は無言で写真を取り上げ、すぐに戻した。

「秋せつら――ドクター・メフィストと並んで〈新宿〉の美しさを代表するハンサムだと聞いているが、たしかにそのとおりだ」

冷ややかな低声に変化はない。二人のやくざ者は驚きの目を見交わした。

「あんた……平気なのかい？」

櫓がぼんやりと訊《き》いた。

「何が？」

「その写真を家族の写真みてえに見たのは、あんたがはじめてだ。大概《たいがい》は腑《ふ》抜けみてえになって二、三日寝込んじまう」

「これだけの色男ならな」

男の言葉には、少しも心がこもっていなかった。

「その辺の奴らは寝込みゃあ済むが、うちの組長は魂まで持ってかれちまった。ああやってうっとり空中を見つめてるだけで、多分一生を終えるだろうってよ」

「――成程《なるほど》、秋せつらの本当の顔を見たか」

「本当の顔？」

二人のやくざは思わず身を乗り出した。

「どういう意味だい？」

「あれこれ当たってみると、あの色男は三つの顔を持っている。一つはのほほんとした平常時の顔だ。このときは自分のことを『僕』と呼ぶ。二つ目は冷《れい》酷無惨《こくむざん》な殺人マシンと化したときだ。呼び名は『私』に変わる。このときは会いたくもないものだな。そして、三つ目――おれの知る限り、この人格が出現したのはただの一回だ。目撃した連中はほとんどいないが、見た者はみな、魂入れずの仏像状態で、虚空の一点を見つめて余生を送っているという」

「……まさか……組長もそれを？……」

「わからん。正直いって、そう簡単に出現するものかどうか。だが、組長を見る限り、可能性はあるだろう」

「信じられねえ」

櫓は溜息《ためいき》をついた。

「いくら〈新宿〉だって、そんな化物がいるものか。人間を殺さずに魂だけ抜いちまうなんてよ」

「あの――大丈夫なんスか？」

勝呂がおずおずと訊いた。

「俺が勝てるかって？」

美しい顔を向けられて、勝呂は俯《うつむ》いた。

男はひっそりと笑った。

「こいつばかりは試してみなくちゃわからない。だから成功報酬だ」

「それも正直わからねえ」

と櫓が首をひねった。

「こういう仕事の大半は半金ずつ、事の前後二回が相場だぜ。中にゃ全部前金でなんてセコい奴もいやがる。あんたみたいなナンバー1が、終わったらでいいなんざ、いや驚くぜ。あれか？　立ち入ったことを訊くが、遺《のこ》す相手がいねえのかい？」

「立ち入ったことだ」

「悪かった」

櫓はあっさり引っこんだ。

「とにかく、出来るだけ早く片あつけてくれ。組中があんたに期待してるんだ」

談話ルームの前で男と別れると、勝呂がうす気味悪そうに革ジャンの襟《えり》を立てて、

「なんか、女みてえにいい男でしたね、あの秋って人捜し屋もそうですが、なんかおかしなことになりゃしませんかね？」

「それはそれで面白え」

「へ？」

「おまえの考えてるおかしなことが、おれの考えと

一緒なら、でっけえ隙がせつらにゃ出来るってことよ。そのときが、おれたちの出番だ。ま、普通に片づけてくれりゃあ言うことはねえんだが、それはそれでちと勿体《もったい》ねえしな」

幹部の声が妙にねっとりとして来たのを感じて、勝呂は気味が悪くなったが、無論、口には出さなかった。


朝からせつらは悩んでいた。

バイトの娘が辞めてしまったので募集広告を出そうと思うのだが、はたして出していいものかどうか、さすがに判断がつきかねたのである。

コンテスト発表以来、〈新宿〉の女ばかりかそれに関連した男たちまでが妙に昂《たかぶ》っているのは、誰よりもよくわかるし、その責任の半分が自分にあるのも承知の上である。

ここで店員募集となれば、野心に燃えた娘たちが、津波のようにやって来るのは自明の理だ。

そんな理由で年商三〇〇〇万の本業を中断するつもりなど、この若者には毛頭なかった。しかし、今回は事情が違う。朝からどうしようかと悩み、やっぱり募集しようと決めて、シャッターの上に貼紙を出したのが、午前七時である。

アルバイト募集　一六～二〇歳くらいまでの健康な女性・九時～五時　時給××円　交通費支給・一年以上勤められる方・眼の悪い方歓迎、眼鏡、コンタクト不可・委細面談

せつらにしてみれば、出社や登校中のOL、女子学生が目に留めるかくらいの気分だったのだが、貼り出して数分後、〈人捜し《DSM》センター〉の六畳間で渋茶をすすっていると、電話が鳴りやまなくなった。

「お金なんかいらないから雇《やと》って下さい」

「会社も辞めます。彼とも別れます」

「死ぬまでご主人の側《そば》にいさせて下さい」

「雇ってくれなきゃ死んでやる」

大方《おおかた》、これくらいに分類される内容を小一時間相手にした後で、せつらは貼紙を外した。

「どうしたもんかな。みんな気が狂ってるようだ」

自覚が全くない張本人は、それでも少し考え、とりあえず、頭から一〇人ばかりに連絡を取り、面接することに決めた。その日の正午。場所はせんべい店の奥座敷である。急だが、来られなければ切るだけだ。

全員、半狂乱状態での面接であった。自分たちの言っていることも、せつらの言葉も理解できないのである。結局、バイトなんかどうでもよく、例のコンテストで一位を取るためにバイトに来たいのだとわかった。

「一位になっても賞金が少し出るだけだよ。僕には何にもしてあげられない」

こう言っても、

「いいんです、店長のところで働けば、何かご利益《りやく》があります」

と全員が口を揃《そろ》えた。一位になりたいと言うくせに、何もサポートできないと宣言すれば、とにかく一緒にいれば、と来る。以前、誰かに聞いた、貧しい新興国では、駅や飛行場に人が異常に集まるという話をせつらは思い出した。目的はない。送迎でも、自分が町を去るのでもない。そこへ行けば、何か良いことがありそうな気がする――それだけらしい。

「わからない」

胸の裡《うち》でこうつぶやいたかどうか、とにかく、せつらはひとりを選択した。

顔だけで選ぶなら、他の応募者からは一〇〇年かかっても出て来そうにない美女であった。ＯＬだという。

採用を告げると、娘は胸前で手を握りしめ、きゃあ嬉しいと身悶《みもだ》えした。

「黒木美冬《くろきみふゆ》と申します」

「では、今日から働いて」

「はい。喜んで」

奥にいるからと伝えてせつらが去ると、娘はにやりと笑った。

どこか猫を思わせる美貌は、あの殺し屋のものであった。


出かける仕度に取りかかったとき、表に車の止まる音がした。

外に張ってある〈警備糸〉が、二人の男が降りて、せんべい店へと向かったと伝えて来た。

少しして、電話の子機が美冬の声で、

「『知性堂《ちせい》』本社の広報部長さんがお目にかかりたいと」

せんべい店の奥座敷に正座した恰幅《かっぷく》豊かなスーツ姿は、

「ご連絡も差し上げず、ご無礼な訪問、何卒《なにとぞ》お許し下さい」

と頭を下げた。大分《だいぶ》、薄い。

差し出した名刺には、遠山克次《とおやまかつじ》とあった。うしろの若いのは秘書だと言う。秘書は杉浦《すぎうら》と名刺を出した。

今朝、営業部長がとんで来たと遠山は、興奮混じりに言った。

「ここ一週間の〈新宿〉での営業成績が届いたそうで。それがあなた、何と先週の一〇〇倍――」

自分の台詞《せりふ》に仰天したかのように、あんぐり口を開けた広報部長へ、

「はあ」

とせつらは応じた。それが自分とどう関係があるのかわからないのである。

「こんな数字は我が社でも前代未聞でございます」

と杉浦がフォローを入れた。

「午前一〇時には、臨時会議が開かれました。出社していない幹部たちには、社長の名で電話が入れられました。議題はもちろん、〈新宿〉の成績の徹底

分析と原因です。席上で、営業情報課からそれが提示されました」

「はあ」

ここでようやく息を吹き返した遠山が、

「細かいことは省《はぶ》きますが、情報課の調査では、化粧品の異常な購入ぶりは、近々開催される美人コンテストが直接の原因であり、購買意欲をそそる真の原因は、審査員たるあなたのキスにあると結論されたのであります」

2

「はあ」

張り合いがない、と遠山は思わなかった。彼は興奮の極みにあった。一〇〇倍の売り上げがこの先どこまで続くかは、彼の双肩《そうけん》にかかっていた。

「とりあえず、〈新宿〉の観光局からお写真を取り寄せて拝見しました。いや、実に美しい。男が男に与える評価としては、はなはだ照れますが、しかし、他に言葉がありません。満場一致で、あなたを次の我が社の究極キャンペーン・キャラクターに採用することが決定されました」

「だけど――」

「わかっております、わかっております」

遠山は、せつらの困惑を押しとどめるように、両手を前に突き出してうなずいた。

「それではあまりに一方的過ぎる。我が社にも是非《ぜひ》をわきまえた人材は揃っております。まずは、秋さまの意向を伺わねば、プロジェクトは進みません。かくて私が参上した次第です」

ぱっと畳に両手をこすりつけて、

「何卒、我が社の社運をかけましたこの一大プロジェクトにお力を――いえ、そのお顔を貸していただきたい」

いい～とのびた嘆願を、せつらは、

「お断わりします」

で片づけた。

「は？」

今度は知性堂のほうであった。

「そんな時間はありませんし、顔が知られてはまずい仕事に就《つ》いています。お引き取り下さい」

「そそそこを何とか」

遠山は優秀な秘書をふり返って、

「君」

と促した。

杉浦がアタッシェ・ケースから紙束を取り出して、卓袱台《ちゃぶだい》の上に置いた。

「契約書です。ＴＶや映画、舞台、ＣＭなどへの出演はこの後別個にしていただくとして、とりあえず、身柄を一年間、我が社のために拘束《こうそく》させていただくという内容でございます」

「ＴＶ、映画、舞台……」

とせつらはつぶやいた。

「そのとおり」

遠山が、ばん、と膝を叩《たた》いて、

「こちらへ向かう前に、すでにほとんどが契約を締《てい》結《けっ》しております。ＴＶ、映画、舞台、それからコンサート——あなたの写真を見せただけで、気難しいプロデューサーや社長どもも一発ＯＫになりました」

「もう契約してる？」

「はい、後はあなた様のサインと捺印《なついん》をいただくだけでして。全ては我が『知性堂』広報部にお任せ下さい」

「やだ」

「は？」

遠山は、眉をひそめた。怒っているのではない。理解できないのだ。彼はしかし、めげずにこう続けた。

「今回のプロジェクトの名称をご存知ですかな？人呼んで『せつらプロジェクト』。キャッチ・フレーズも決まっております。〝心臓よ、魔界の美に止まれ〟――超一流のコピーライター、八左具令《やさぐれ》八文《はちもん》先生、畢生《ひっせい》の傑作でございます」

「愚作だよ」

「は？」

「とにかくお断わりします。別のタレントをお捜しなさい」

途端にせつらは一歩退《しりぞ》いた。遠山が卓袱台に身を乗り出した――いや、叩きつけたのだ。

「お聞き下さい、このプロジェクトのために準備された資金が幾らかご存知ですかっ!!」

「いえ」

芋虫《いもむし》みたいな指が一〇本、まとめて突き出された。

「一〇億？」

とせつら。

「ピンポーン」

広報部長は何度もうなずいた。

「当たったんだ」

太った顔がにんまり笑み崩れた。

「外れ」

「え？」

「一〇〇億ですよ、一〇〇億。我が『知性堂』の中《ちゅう》枢《すう》が、あなたにはそれだけの価値があると認めたのです」

「わあ」

「しかも、これは純粋にプロジェクトの費用です。あなたへの契約金は別途に五〇億円を保証いたします。無論、その間にかかる諸費用もすべて――いえ、プロジェクト関係のみなどとケチなことは申しません。生活に必要な費用はすべて我が『知性堂』が負担いたします」

「いや、その」

「とりあえず――杉浦くん」

「は」

と秘書はうなずいて、書類のうちの一枚を選び出し、

「本日中に、ロールス＝ロイス『シルバー・シャドー』を一台進呈いたします。秋さま名義になっておりますから、後はサイン捺印をいただくだけで。さらに、現金で五〇〇〇万円を、失礼ですが報酬の一部としてご口座に振りこませていただきます。加えて、身の廻《まわ》りの世話役、及びボディガードとして、これは某民間会社から最高のプロフェッショナルを用意いたしました」

彼は右手を握りしめた。通信器でも握っていたらしく、数秒置いて、店のガラス戸が開いた。

「失礼いたします」

厳しく冷たい甘い声。

「上がらせていただいてもよろしいですか？」

遠山の問いにせつらはうなずいた。

杉浦が横へ移り、彼の席に正座したのは、美女――とはいえなかった。

顔立ちは平凡だ。痩《や》せていないのが救いといえばいえるだろう。スーツも色、形ともに地味だ。二〇代半《なか》ば頃だが、見る者によっては三〇代と判断するかも知れない。

「陣座友子《じんざともこ》と申します。サングラスをお許し下さい」

微笑を浮かべている。素直な笑いだった。

「ボディガードよりも秘書としてお使い下さい」

と杉浦が言った。せつらの返事は物好きとしか言えなかった。

「みいんな、お断わりします。お引き取り下さい」

我が社は諦めませんぞ、何度でもお伺いします、と喚《わめ》きながら三人が去ってから、せつらは土間の美冬に、

「塩をまいといて」

と言った。

「はいはい。でも、勿体ないわあ。店長、五〇億円ですよ。あたしなんか、何回生まれ変わっても手に入れられないわ」

「人間のやる仕事に五〇億の価値があると思う？」

「人間によります。店長なら一〇〇〇億でも安いわ」

「どーもどーも」

「塩まいて来ます」

控室へ消えるのを見届けて、せつらは〈人捜し《DSM》センター〉へ戻った。

一〇分後に外へ出た。

店から一〇メートルも進まないうちに、黒い車体が優雅に横づけされた。

「おや？」

「陣座です」

と秘書兼ボディガードが、人懐《ひとなつ》っこい笑みをロールス＝ロイスの運転席から見せた。

「どうしたの？」

「もうアドバンスを頂いております」

「用無し」

「そう仰《おっしゃ》らず。これで便利な女ですよ」

「〈区外〉の人には――」

「〈区民〉です。会社は〈新宿ＳＧ７〉。〈早稲田〉にあります」

「ＳＧ？」

「サービス・アンド・ガード」

「他の人を守りたまえ」

「それでは困ります」

「邪魔」

「あなたはもう『知性堂』にとって史上最高のＶＩＰなのです。きっと私以外にもガードが雇われてるわ」

「だったらそっちに任せて」

「困ります」

「こっちも――」

せつらの足下で砕けたアスファルトが、言葉を中断させた。

「狙撃だわ――乗って」

後部ドアが開いた。

せつらがとび込むやリア・ウインドに白いひびが

続けざまに走った。

ドアが開いたまま、車は急発進を遂《と》げた。

「とっとっと」

ドアに這《は》い寄り、閉めてから、

「どこのどいつだ?」

「心当たりはないのですか?」

「あるといえばある」

「どれくらい?」

「〈新宿区〉の人口の半分」

「わお」

さすがに神経の出来が違うらしい。友子は白い歯を見せて、

「まず、どちらまで?」

と訊いた。

「〈駅〉の西口。そこでお別れ」

「あら」

「立派な防弾車だ。これ以上、傷つけたら困る」

「私も困ります。無能と思われます」

「知らない」

「もうっ」

車はすぐ目的地に着いた。

「これからどちらへ?」

「内緒」

「あたし――仕事はやります」

「ご自由に」

せつらは車を降りた。〈新宿〉でもロールス＝ロイスは珍しい。駅の前――バス・ターミナルに集まった人々の視線が車体に集中する。

その間にせつらはさっさと〈小滝橋《おたきばし》通り〉の交差点方面へと、人混みに紛《まぎ》れてしまった。

真っすぐ〈歌舞伎町〉へ入った。

〈バッティング・センター〉の裏へ通じる坂道から、いかにも宗教といった感じの長衣姿が駆け寄って来た。

「おや?」

向こうも気がついた。あわてて背中を向けて――

動かなくなった。

黙って近づき、せつらは長い顎鬚《あごひげ》を摑《つか》んで力を加えた。

毟《むし》り取られた下から、見覚えのある顔が現われた。

「先に依頼人を見つけた」

せつらはのんびりと言った。

木村カーンこと勘吉は、眼を白黒させていたが、ついに、

「あ、姉貴を捜してくれ」

と叫んだ。

「勿論《もちろん》です」

「違う――さっきまで一緒にいたんだ。それがおかしなもンに取り憑《つ》かれて――またどっかへ行っちまった」

せつらは周囲を見廻した。

「いないなあ」

「頼む、捜してくれ」

「とりあえず、お話を」

上から下まで、別人のような兄《あん》ちゃんを眺めて、せつらは首を傾《かし》げた。

3

勘吉から、今までの事情を聞き、せつらはさして困ってもいない態《てい》で、

「うーむ」

と唸《うな》った。

「何処《どこ》へ行った？」

「わからねえ」

と勘吉も首を傾げた。

彼の話によれば、せつらと出会う三〇分ばかり前、遅い朝食を摂《と》った辺りから、きつい眼を宙の一点に据えていたのである。何か不気味なものを感じて様子を窺《うかが》っていると、急に立ち上がり、

「おまえは偽者よ」

と言い放った。

「私が本物の教団を作ってみせる。弟だから何もしないでおくわ。でも、捜したり邪魔をしたら容赦しないから」

これだけ言い残すと、それこそ音もなく出て行ってしまった。

あまりの唐突ぶりに、すぐ追う気にもならず見送っていた勘吉が、これはおかしいととび出したとき、すでに通りに姿はなく、坂を駆け下りたところでせつらとぶつかったのであった。

「心当たりは？」

「わからねえ。なんであんなこと言い出したのかもさっぱりなんだ。ここで会ったのも何かの縁だ。もっぺん捜してくれ」

「また帰ってくるのでは？」

せつらなりの嫌みである。捜すべき相手は依頼人の下にいたのだ。

「そう言うなよ」

勘吉は、信者には見せられない情けない笑顔を作った。

「頼りはあんたしかいねえんだ。な、本当に縁だよ。捜してくれ。そうだ、前より金はある。倍出す、いや、三倍――五倍でどうだ？　前金で払うよ。勿論、前の分もだ。これは新契約だ」

「一〇倍」

「いいとも――おい、何見てるんだ？」

「いいえ。引き受けましょう。行先に心当たりは――ないですね？」

「ねえな」


勘吉と別れた後、せつらは当初の目的地――〈ラブホテル街〉へ足を踏み入れた。

「ホテル・ランドール」と飾り文字が躍《おど》る城のような建物の前まで来たとき、先に入りかかった若いカップルの女のほうが、ふとふり返った。誰かに見られていないか用心したのだろう。

たちまち凝視《ぎょうし》が襲った。

せつらが先に入った後、おい、どうしたんだ？　うるさいわね、あんた誰よ、と言い争う声が聞こえた。せつらはレジに顔を出し、

「才塚弘《さいづかひろし》さんいらっしゃいますか？」

と訊いた。

居合わせた中年の女が、恍惚《こうこつ》とふり返って、

「マネージャーいるぅ？」

と訊いた。

「いつものところよ」

と、これも女の声が返って来た。

「三階の六号室にいます」

「ありがとう」

礼を聞いて倒れる女には眼もくれず、せつらはエレベーターのボタンを押した。

三六号室のロックを外すのは簡単だった。

「失礼します」

一応声をかけた。

閉じた内扉の向こうで動揺の気配が生じると、

「誰だ？」

焦り狂った男の声が向かって来た。

「才塚弘さん？」

「——誰だ、てめえは？」

「ご両親から捜索依頼を受けまして。連れ戻して欲しいとのことです」

「ふざけるな。とっとと帰れ。人を呼ぶぞ」

「話し合いませんか？」

「やかましい、帰れ」

「では」

せつらは靴のまま上がり込んで内扉を開けた。

眼の前に全裸の女が立っていた。ふりかぶった手には狩猟用ナイフが握られている。

「失礼」

せつらは女の横を通って室内に入った。

他に三人いた。

腰にバスタオルを巻いた血だらけの若い男と、白

人と黒人の、これも全裸の女たちである。どちらもモデルでやっていけそうな優雅な身体つきをしていたが、どちらも腰を落として身構え、唇から一〇センチもある白い牙をこぼしていた。

獣化剤を服《の》んだに違いない。いま急にではなく、プレイ用だろう。男を見ればわかる。

「何してやがる？　食い殺せ！」

せつらを指さして叫ぶ男には一切反応せず、恍惚とせつらを凝視しているのは仕方がないが、実は寸前まで、食い込む妖糸の痛みのせいで無表情だったことを考えれば、恐るべき美貌の力といえた。

男はすぐに異常事態を察した。そして、ソファに放り出してあったヴィトンの小物入れにとびついた。

むき直った右手にはワルサーPPKが握られていた。

「ここはボクの店だ。殺したってわかりゃしないんだぞ」

女のようにかん高い叫びであった。

年齢は二〇代半ばに見えるが、まだ一七歳。〈区外〉にある一流企業の次男坊だ。七つ上の兄が優秀なせいで、両親から疎《うと》んじられていると思い込み、高校をドロップアウトしたのはいいが、いつの間にかラブホのオーナーになり、連日お気に入りの部屋にその筋の女たちを呼んで酒池肉林《しゅちにくりん》の宴《うたげ》を催しているのであった。

「その年齢で、〈歌舞伎町〉のラブホを所有するって、世渡りは充分です」

例によって例のごとき声だが、案外本気で感心しているのかも知れない。

「〈区外〉でも役に立つ——戻りましょう」

「う、うるさい！　ボクはこの街で自由に生きるんだ。ここは素晴らしいところだ。人間が人間でいられる」

ちらと室内へ眼を走らせて、

「確かに」

せつらは軽くうなずいた。男は喚きつづけた。

「〈区外〉なんかへ戻ったら、両親と兄貴のせいで、ボクは自由人じゃなくなる。次の副社長の椅子は用意してあるって？――真っ平だ」

「気持ちはわかります。また逃げて来たらいい」

え？　という風に、男の殺気が動揺したが、たちまち、

「上手《うま》いこと言いやがって。パパとママの廻し者め！　ここでくたばってしまえ！」

小さくワルサーが吠《ほ》えた。弾丸は通常の九ミリ・ショートではなかった。せつらの右側にあたるソファの背に拳ほどもある大穴が開いた。

「糞、糞、糞」

全弾発射してから、男はワルサーを床へ叩きつけ、天井の監視カメラに向かって、

「みんな来い、何してる!?」

ロック・シンガーみたいなポーズで絶叫を決めた。

これはせつらも同感である。エレベーターを下りる前に、下の連中が駆けつけてもおかしくはなかったのだ。

「気が済んだ？　行くよ」

促すと、男は救いを求めるように、硬直中の女たちを見た。

「じゃ、これで」

せつらの声と同時に、女たちの呪縛は解けた。ナイフをふりかぶり、牙を剝《む》き、鉤爪《かぎづめ》を閃《ひらめ》かせてこちらへ殺到する。

人間のものとは思えぬ苦鳴が噴水のごとく噴き上がった。それは男のものであった。

何と、女たちは途中で向きを変え、それぞれの凶器を彼の胸に腹に肩に食い込ませたのである。そして、ふたたび停止した。

「痛いよお、ママ、痛いよお」

男が血を噴く裸身を抱きしめて、床をのたうち始めた。

「血が出てるよお、ママ助けて。こんなことした奴を殺して、パパ」

「もう少ししたら聞いてくれるよ」

せつらは右手を上げた。ソファの背にかけた衣服がとんで、男にふりかかった。

男は誰かに操られる人形みたいなぎごちない動きで、それを身につけた。傷も出血も大したことはなかったのだ。

一階へ下りたとき、男の用心棒たちが駆けつけて来ない理由が判明した。

エレベーター前の床に、一〇人近くがひっくり返っている。きれいな失神ぶりであった。

自動ドアの前に立つスーツ姿の女は、陣座友子であった。

「これ——君?」

うなずいた。照れ臭そうな笑顔であった。

「空手?」

「マーシャル・アーツ」

少し前に流行《はや》った軍隊式格闘技である。

「自衛隊?」

「いえ。米軍で。父が古武道の師範で横須賀《よこすか》の基地《ベース》で教えてました。私、立ち上がったときから手ほどきを受けて、一八で米軍の指導員になりました」

「すごい」

「いえ」

「どうしてここが?」

「西口からずっと尾行させていただきました」

せつらがいちばん驚いたとしたら、ここだろう。彼の周囲には看視用の妖糸が巡らせてある。勘も働く。この一見平凡そうな女は、それに引っかからなかったのだ。

「すごいすごい」

せつらは手を叩いてしまった。

「いえ」

「でも、帰りなさい」

「ご心配なく。もう諦めました」

「ほお」

「ですから、これは私の勝手な行動です。気になさらないで下さい」

せつらは、うーと唸った。

「やるな」

「それ程でも」

「とにかく、お疲れさま」

せつらは右手を引いた。背後の男——才塚弘は声もたてずに、せつらの後を追って歩き出した。

通りに出ると、ロールス＝ロイスが停まっていた。

「これも凄《すご》い」

せつらは携帯を取り出し、才塚の両親に連絡を取った。

一時間後、〈旧区役所通り〉に面した「パセラ」の受付で待ち合わせることになった。カラオケだが、談話室もある。


世間体を慮ってか、三人は地味な服装でやって来た。

次男坊は長男に命じて連れ帰らせると、残るはせつらと両親の最終的な条件の確認や費用のチェックである。

しかし、それもそこそこに、母親はうっとりとせつらを見つめて、

「ねえ、あなた、こちら——今度の『カネボン』のキャンペーン・モデルにどうかしら？」

と言い出した。

父親のほうも、同じ眼差《まなざ》しをせつらに与えて、

「わしもそう思っとった。どうだね、君？　こんな物騒な街で危険な連中を相手にしてるよりは、世の中の表舞台で大輪の花を咲かせてみないか？　いや、君ならできる。わしが保証する」

「…………」

「うち——といっても傘下《さんか》の化粧品会社ですけど、目下『知性堂』と追いつ追われつなんですのよ。こ

こで一気に引き離すために、この春一大キャンペーンを打つことに決まったのだけれど、それを任せるに足るキャラクター捜しに難渋《なんじゅう》しているんですの。でも灯台もと暗しね。人捜し屋さんが捜し求めていた相手だなんて」

「一〇〇〇億円の大プロジェクトだ。いま社長決済で君に五〇億円の小切手を切ろう。そこのＵＦＪ《ユーエフジェイ》でも三井住友《みついすみとも》でも、その場で換金してくれる」

小切手帳を取り出したのを見て、

「実はいま――」

とせつらは切り出した。事情を話すと、夫婦は揃ってとび上がった。

「何と――『知性堂』めが!?」

「許せませんわ。この方は私たちの物よ」

「あの」

「任せておきたまえ。悪いようにはせん。『タックス・ファクター』の会長に話を通して、『知性堂』の海外支店を閉鎖に追いこむと脅しをかけてくれる。これで向こうは手を引く」

「そうですか。でも、向こうが先だし」

「こういうことに後先や仁義は無関係だ。条件が全てだ。さっきのが気に入らなければ、そうだ、一〇〇億の小切手を切ろう。惜しくない」

「そのとおりよ、あなた！」

「まあまあ」

とせつらは二人をなだめて、

「小切手はお仕舞い下さい。それでは、よろしくお願いいたします」

「パセラ」の前で別れると、夫婦の姿が見えなくなったのを確かめてから、

「実はいま、『カネボン』の親会社のトップから――」

事情を洗いざらいしゃべって、

「よろしくお願いいたします」

これで、化粧品会社の魔手は、どちらも遠のくはずであった。

第八章　美しさは錯乱する

1

「お呼びたてして申し訳ない」

白い医師の言葉に、梶原〈区長〉は、とととんでもないと両手を上げげた。メフィストは続けて、

「今日は私が施術しなければならない患者が多いもので」

「わかっております。わかっておりますとも。ドクター・メフィストの病院の灯が消えない限り、〈新宿〉の病む者たちが絶望することはありません。ご用があればこの梶原、いつ何時《なんどき》といえど駆けつけて参ります」

ははははと大笑してから、やや眼を細めて、

「で――本日は？」

と訊いた。

「正直、迷惑しているのです」

「は？」

と眉を寄せたが、もうわかっている。早いとこ引き上げなくては、と焦りつつも、

「――何でしょうか？」

「美人コンテストのことです」

「あ。あれが何か？」

「あれに関する急患が、告示の日から五〇倍も増加しているのです」

「どういうことですか？」

これはさすがにわからない。梶原は胸の中で首を捻《ひね》った。

「自ら火傷《やけど》を負う、切り刻む、わざと階段から落ちる――こういう風に顔を傷つけては治療を求めて来る」

梶原は少し考え、

「失礼ですが、それとコンテストとどういう関係が？」

「治療前に全員、もっと美しくして欲しいと訴えるのです」

「いや、それでもわかりかねます。なら最初から整形美容に」

そこで気がついた。手を打とうとして、代わりに首を捻った。

「何故でしょう?」

「私にそう求めれば何とかなると思っている——或《ある》いは、一位にしてくれると思っている」

「成程!」

梶原はしめたとばかり手を叩いた。

「それは充分に考えられますな。いやあ、仰せのとおり。しかし、この頃の女の厚かましいこと。応募写真を見ても、よくもこれでヌケヌケと、と殺意が湧くばかりです。はっはっはあ」

「私は医者でしてな、梶原さん」

静かなメフィストの声に、梶原は冷たい輪が首すじに食いこむのを感じた。

「不必要な疾患《しっかん》を歓迎するわけには参りません。殊《こと》に、今回のように治療さえ不必要な状況は特にです」

「そ、それは勿論です。ですが、今回のコンテストは——」

「中止していただけませんか?」

穏やかな言葉だ。梶原を見つめる眼にも、異様な感情は動いていない。だが、梶原は凍りついた。

わかりました、と言うしかない。仰るとおりにいたします、と。

「いや、出来ません」

と彼の口は動いていた。

「そもそも美しさを競うというのは、女性の本能のひとつであり、それの頂きを目差して、あらゆる手段に訴えるのは、むしろ、人間として是《ぜ》とされるべき部分ではありませんか。それを愚かというのは、男の傲慢《ごうまん》——いや、美しすぎる男の傲《おご》りであると一考いたします」

主張する、というより、まくしたてるといったほうが正しい弁舌ぶりに、言い終わるなり、梶原は青くなった。

眼の前で、世にも美しい顔のひとつが――笑っているのか⁉　そして――

「あなたのお考えを尊重いたしましょう」

と言っているのか、白い医師は？

「だが、これ以上、美の追求のために自らの肉体を破損する女ならではの愚行を見過ごすわけにもいかん。それを根絶《こんぜつ》すべく、私も手を打たねばなりません。よろしいな？」

「そそそそれは……」

梶原は成層圏《せいそうけん》から落下していくような気がした。ドクター・メフィストが手を打つ。それはメフィスト病院の院長としてではなく、〈魔界医師〉としてか？　決まっている。そんなことになったら――

「ドドドドクター……何卒《なにとぞ》……その件はご一考を……」

「私がそう申し上げたら、コンテストを中止なされるか？」

「いいいいや、それは……」

「では、私も退くわけには行きません」

天与《てんよ》の美貌は急に遠ざかった。

次に梶原が気づいたのは、〈区役所〉の〈区長室〉であった。いつ、どうやって戻ったのか、知っている者は誰もいなかった。

だが、覚醒するまで少しの間、彼は、

「ドクター・メフィストを捕まえろ。コンテストが終わるまで外へ出すな」

神をも怖《おそ》れぬ言葉を発していたと聞かされ、ついに寝込んでしまったのであった。

翌日の早朝から、〈新宿駅〉に集《つど》う人々は、眼を剝くばかりのハンサムが選挙カーの屋根上で、マイク片手に行なう熱い訴えに驚いた。

「美人コンテストなど税金の無駄遣いであります。そもそも美とは女性の内側に存在する精神《こころ》の美しさを指すものであり、外見の端整ぶりを競うコンテストなど、真の美を我々の眼からくらませて小銭を稼ごうとする下劣《げれつ》な木っ端《こっぱ》役人の陰謀でしかありません。女性がかがやくのは、内なる美によってであって、大きな眼、整った鼻梁《びりょう》、悩ましい唇などによるものではありません。女性に美を競う必要などない。このひとことをもって、私はコンテストの中止を訴えるものです。みなさん、すぐ〈区役所〉へ駆けつけ、コンテストの即時中止を訴えようではありませんか」

男たちの反応は当然、冷たかった。彼らはとにかく美人が好きであった。それに、やめろと訴えている男がハンサム過ぎた。てめえ、ひとりで、エエかっこしやがって、というわけだ。彼らはすぐに去り、或いはブーイングと野次を投げつけた。

対して、女性の反応は微妙であった。

「そのとおりだわ」

とうなずく微妙なつくりの主婦もいれば、

「あたしたちの勝手じゃないの」

と洟《はな》もひっかけない美女もいた。しかし、一分二分――いや、一〇秒二〇秒と男の熱弁に耳を傾けているだけで、

「そうだわ、美しさは内側にあるのよ」

という空気が聴衆の間に漂《ただよ》いはじめた。

「〈区役所〉へ行きましょう」

誰かが叫んだ。次々にそれに合わせ、叫びはシュプレヒコールと化した。

選挙カーを取り巻く聴衆の輪の外に、〈区役所〉の広報課に属する男がいた。

彼からの電話を受けた梶原は、広報副課長の大《おお》柳大明《やなぎひろあき》を呼び、妨害工作を命じた。

しかし、大柳の部下たちが、消火器片手にマスクを被《かぶ》って急行したとき、選挙カーはすでに駅頭を去っていた。

〈新宿TV〉の特色のひとつに、「視聴者のお邪魔さま」がある。番組放送の途中でも、視聴者が撮

影、乃至《ないし》撮影中の画像が送りつけられて来た場合、それが放送中の番組を面白さで凌《しの》ぐと判断されれば、即、切り替え放送されてしまうのだ。

〈区外〉から来た人間が、最初に呆《あ》っ気《け》に取られるのが、これだという。

少なくとも、六畳間でTVを見ていたせつらはそうだったかも知れない。

昨夜発見された身元不明者の死体を見物していたら、選挙カーの上で、コンテスト廃止を訴えるイケメンのアップに変わったのだ。場所は〈旧噴水広場〉である。

「ははあん、メフィストか」

とつぶやいた瞬間、いきなりイケメンと車がゆれた。地震に違いない。だが、〈新宿〉で起きる地殻変動が、まともな代物《しろもの》のはずがなかった。

「〈魔震ベイビー〉」

つぶやいてせつらは立ち上がった。

被写体はゆれたが、画面自体は無事だ。小型の〈魔震〉の発生も頻繁《ひんぱん》とはいえないが多くはない。それがピタリ、演説者に的《まと》を絞るとは——明らかに人為的発生だ。それは、メフィストの息のかかった演説者を狙っていた。

事態が動き出したことを、せつらは見抜いていた。

五秒と続かなかった小規模〈魔震〉の被害は、甚大《じんだい》とはいえなかったが、不気味かつ凄惨なものであった。選挙カーは半ば地中に没し、運転手とイケメンは発狂していたのである。

靴底から狂気の地震波を感じて精神障害を起こした見物人たちの下へ警官と救命車が駆けつけ、世界の終わりだと叫ぶ輩《やから》がうろつき、〈区〉と民間の、〈魔震〉対策研の連中が次々と急行する。ごった煮のごとき現場を、〈コマ劇場〉の端からにやにやと眺めていた中年の女がひとり、にんまり唇を歪《ゆが》めると、〈旧区役所通り〉の方へと歩き出した。

やや太り肉《じし》でグリーンのスーツを嫌みなく着こな

し、理性的な顔立ちである。肩から不釣り合いに大きなバッグを下げているのがちぐはぐだ。

　女はじき、左右に廃ビルが並ぶ細い路地へ入った。

　半ばまで来たとき、前方に何かが落ちて来た。凄《すさ》まじい勢いでアスファルトに叩きつけられる、と思ったのに、寸前、それは音もなく着地を決めて人の形を取った。世にも美しい黒衣の若者の形を。

　女はバッグに手を置いて二、三歩後退した。

「あんた……誰よ？」

「人捜し屋です」

「空から落ちて来たのに——平気なの？」

「何とか」

　せつらが妖糸を電柱やビルの突起に次々に巻きつけて飛翔《ひしよう》して来たことを、女が知るはずもなかった。

「TVで見ました。ひとりでにやにや笑ってましたよね、佐渡巻子《さわたりまきこ》先生。空飛んでるとき、調べました。〈佐渡魔震研究所〉の所長兼、人工の〈魔震〉を起こせる三人のうちのひとり。そのバッグが発生装置ですか？」

「誰に頼まれたの？」

「誰にも。木村多良子さんって知りません？」

　シラを切るかと思ったが、女——巻子は、また唇を歪めた。

2

「よおく知ってるわよ。知り合ったのは昨日だけど。あの人は私の教祖さま」

「はあ」

　何となくだが、やっぱり——と思った。

「教祖って、何教えてるんですか？」

「美人コンテストを成功させることよ。それで、あなたにキスをしてもらうの、秋せつらさん」

「あ、知ってる」

「知らなくたってわかるわよ。そんなきれいな顔が、〈新宿〉といえどいくつあると思うの?」

巻子はほんのりと赤い頰を撫《な》でた。その手も赤かった。

「あの、キスぐらいするけど」

「わかってないわね。まあ、こんなにきれいなら、女心を知る必要なんかなかったでしょうけど。女でも羨《うらや》ましいわ」

「はあ」

せつらの応答に、巻子は吹き出した。

「この街の中で、こんなとぼけた男性《ひと》がよく生きて来れたものね。で、ご用件は? 教祖さまのところへ案内しろ、と」

「はい」

「悪いけど、今は駄目。コンテストが終わるまで待てない?」

「依頼人は一刻も早く、と」

「困ったわね。あたし、いい男と戦いたくないのよ」

「はあ」

巻子はもう一度吹き出した。そのとき、右手がバッグにのび——停止した。

いわゆる〝せつら縛《しば》り〟である。

苦痛に顔を歪めて喘《あえ》いだ。

「なんてこと……する……の。そうか……そんなにきれいだから……女なんか……どうでもいいのね?

……痛い……ああ、痛い……」

「すぐ案内するか、場所だけ教えて下さい」

これでちっとも凄みを利《き》かせていないから恐ろしい。

「駄目よ……死んでも……しゃべれな……い……——っ!?」

一瞬のうちに蒼白《そうはく》に転じた顔が白眼を剝く。

そして、女学者は路上に尻餅《しりもち》をついた。

このまま見えない拷問を続行すれば死んでしまう、とせつらは判断したのである。

「確かに女はわからない。では、また」

後をも見ずに歩き出し、路地の端を曲がって去った。

巻子はしばらくしゃがみこんだまま動かず、何も言わなかった。

やがて、涙と鼻水でぐしょぐしょになった顔が、安堵《あんど》のもたらす狂気のつぶやきを唱《とな》えはじめた。

「……どうしてよ？　どうして……殺してくれなかったの？　あたしをじっと見て……そして……豚みたいにバラバラにする寸前に……キスをし……て」


せつらは近くの「ルノアール」に入った。第一号店を開いたとき、資金不足でテーブルや椅子が充分用意できなかった喫茶店は、却《かえ》ってくつろげるとの評判が立ち、その伝説を守って久しい。

昆布茶《こぶちゃ》を飲んでいると、スーツ姿の女が前の席に坐った。

陣座友子であった。


「お迎えに行く途中で、空飛んでらっしゃるのを見ました。ああ、びっくりした」

豊かな胸に手を当てて、やって来た店員にブレンドを注文する女ボディガードへ、

「帰ったら？」

「あれから色々調べました。お捜しの相手は木村多良子、二十歳《はたち》。今は整形を施《ほどこ》して、新興宗教の団体を主宰《しゅさい》してますね。住所もわかります」

「どうして？」

せつらの周囲を囲んでいた春風の雰囲気が、少し乱れた。

「少し調べたんです。NASAやCIAの力も借りました」

「…………」

「ここ出たらお付き合いしますよ。行きましょう」

「何処？」

「内緒です。教えたら出し抜かれるに決まってるわ」

「僕を信用していない」

「勿論です」

「心外だな」

「あたしの顔を見て言えますか?」

「………」

「昆布茶ですか」

せつらの前のカップを覗《のぞ》きこんで訊いた。

「そ」

「爺《じじ》くさくありませんか?」

「放《ほ》っとけ」

「でも、凄いミスマッチってセクシーだわ。美人コンテストの審査員が昆布茶が好きだなんて」

「どこが悪い?」

「審査員があなたなのがです」

「へえ」

「正直に申し上げますが、引き受けるべきではありませんでした」

「どうして?」

「いま、〈新宿〉で起きている事態をご存知ですか?」

「女性がみんな殺気立ってるね。男の方も」

「みなコンテストのせいです」

「らしいな」

「そして、審査員のせい」

「メフィストめ、断わればよかったんだ」

「よくもヌケヌケと」

「感心しているようだけど」

「他にしようがあります?」

「絡むねえ」

「なぜ引き受けたのです?」

「不景気」

「あなたのお小遣い稼ぎのために、この街の女性たちは全員発狂寸前です」

「知らんもん」

「反省しませんの?」

「メフィストが治してくれるよ」

「まっ」

と友子は眼を剝いて、

「本気で仕事以外は他人事《たにんごと》――って言うか、まったく興味がないんですね。驚いたわ」

ブレンドが来た。

友子がひと口飲ると、

「行こ」

せつらは立ち上がった。

「まだ」

と抗議する身体もふらりと後を追う。

レジの前まで来ると、

「よろしく」

せつらが声をかけ、友子が支払った。

「ご馳走《ちそう》さま」

外へ出た挨拶がこれだ。友子は憤然と、

「立ち上がったのも、お金を払ったのも、身体が勝手にスムーズに動きました。何をしたかわかりませんけど、あなた、慣れてますよね」

「ご案内」

柳に風とはこれだ。友子はすぐに諦めた。何といっても、目下この若者は彼女の収入源だ。

「はいはい。同乗して下さいます?」

「ロールス＝ロイス?」

「カローラにしました。目立たないようにです」

「結構。どっち?」

店の前である。

「こっちです」

友子は、溜息まじりに〈旧区役所通り〉の方へと歩き出した。

カローラに乗ると、二分もかけずに停《と》まった。

〈旧・伊勢丹〉の横を走る〈明治《めいじ》通り〉――〈新宿三丁目〉に入るところに、最近小規模な陥没が生じ、立ち入り禁止の防盾《ぼうじゅん》が囲んでいる。

近くにカローラを停めて、友子はそこへせつらを導いた。

往き交う連中が訝《いぶか》し気《げ》な視線を送る中、せつらはひょいと三メートル四方ほどの穴の底へ眼をやり、ひと呼吸置いてから、

「じゃあ」

と言った。看視糸を下ろしたのである。

「ちょっと——あたしも行きます」

「駄目。おかしな連中がいるから」

その身体が垂直に上がると、まるで糸を切ったかのように、暗黒の底へと落下していった。

五、六メートル下は道路であった。歩くのには困らぬ薄闇の世界だ。例によって、最後に音もなく着地するや、せつらは〈靖国《やすくに》通り〉の方へと歩き出し、その下に来るや、正確に〈市谷〉方面へと折れた。

五〇メートルほど進むとさらに陥没が迎えた。

向こう側が見えぬほど巨大だ。幅は道いっぱい。

「やれやれ」

声とは裏腹に、せつらはためらうことなく身を躍らせた。

今度は深い。二〇メートルを超える。おそらく〈丸《まる》ノ内《うち》線〉の線路近辺に、〈魔震〉によって地殻変動が生じたものだった。ちらほらとコンクリの基礎部は見えるが、せつらを覆うものは岩塊《がんかい》だ。足場など十歩とまともには歩けそうにない岩とコンクリの塊りだが、せつらは黙々と進んだ。足取りに躊躇《ちゅうちょ》も停滞もない。平坦《へいたん》な道を行くとしか思えなかった。

実に彼は凹凸《おうとつ》の路面から二〇センチばかりの高みを進んでいるのであった。

軽業師《かるわざし》のロープなどない。どう見ても空気を踏むしかない空中を彼は軽々と歩んでいく。だが、足を見よ。それは正確に一線上を踏んでいる。正《まさ》しく一すじの見えざる綱——否、糸の上を歩んでいるのだ。

地上がいかに歩行困難な状態にあろうと、頭抜《ずぬ》けた平衡《へいこう》感覚と揺るぎない平常心がある限り、彼には

常に平穏な歩行が保証される。

　上よりさらに濃い闇でも光はある。生物もいる。蝙蝠《こうもり》に似た翼を持つ一匹が凄まじい速度で飛来したとき、軽く上体のみを開いてやり過ごした――このことからも、せつらのバランス感覚の見事さは明らかだ。

　一〇〇メートルほど進むと、前方に光が滲《にじ》みはじめた。音はない。

　じきに広場と言うべき空間に出た。

　詰めれば三〇〇人。せつらが入って来たのと反対側に、脚部の吹っとんだ大理石《だいりせき》のテーブルが壇代わりに置かれている。

「ここで演説」

　せつらは糸を蹴った。

　三〇メートルほどの距離を軽々と飛んで壇上に立つ。

「ここで演説か。外谷なら似合いそうだが」

　せつらは片手を腰の後ろに廻し、右手をふりながら、周囲を睥睨《へいげい》した。あちこちに蠟燭《ろうそく》の溶けかかった安物の燭台《しょくだい》が置いてある。最後に正面を向いて、

「ぶう」

　と言った。

　返事はない。

　せつらは少し暗い表情で壇から下りた。

　午後一時。

　昼の演説まで三〇分。

　せつらは待つことにした。

　闇が深く光のはかない地の底でも、岩塊によりかかったせつらはかがやいて見えた。モデルになると告げれば、どんな画家も暗黒の底へと馳《は》せ参じるだろう。

　だが、今日は別のものが来た。

　四方から、無数の物体が床をこする音が波のようにやって来た。

　硬い音。

　軟らかい音。

爪と足音だ。

「変わったお客だ」

おびただしい光点が闇の奥に点《とも》りはじめた。その背後に押し合いへし合いする身体、毛むくじゃらの手脚、濡《ぬ》れた皮膚、鉄のような鱗《うろこ》、鉄と鋼《はがね》が打ち合うような顎と牙の音。ここも〈魔界都市〉の一角なのだ。

音で匂いで獲物を見出《みいだ》し、際限《さいげん》のない餓《う》えを満たそうと迫り来る闇の住人たち。

足音が、気配が、包囲を縮めてくる。

せつらは近くの燭台と、その横に置いてある一〇〇円ライターを手に取った。

暗黒に小さな光が点《とも》った。

それは暗黒に慣れた生物の視覚に、ストロボの爆発のような効果を上げたに違いない。

異様な呻きを上げて、最前列の気配が後退し、背後の連中とぶつかって、混乱が生じた。

「ほうら、ほうら」

面白半分に燭台を四方にふり廻し、勢い余って灯が消えた。

静寂。そして、また迫ってくる。

〈新宿〉の地下に怪生物たちが巣食《すく》っているのは、〈魔震〉後すぐの調査で判明しているが、その種類と数は今なお不明のままだ。

だが、数瞬後。彼らを見舞った運命だけは明らかだった。

ある一点に差しかかった刹那《せつな》、のばした手は脚は落ち、不気味な血潮《ちしお》を吐きつつ胴は裂けた。

「あ」

と洩《も》らしたのは、鼻孔《びこう》に鋭い刺激臭を感じたからだ。地下生物の種類は不明だ。知らぬものもいる。その一匹の血か体液に、強烈な麻痺《まひ》性の成分が含まれていたのだ。

「油断」

この期《ご》に及んでも、春風駘蕩《しゅんぷうたいとう》のひとことを残して彼はよろめき、意識は闇に閉ざされた。

3

気がつくと、店の前にいた。

軽く頭を叩いて、せつらは記憶を取り戻そうとした。

闇に包まれた世界が渦巻いていた。何故、自分はここにいる？

「店長？」

と呼ばれた。

店から、美しい娘が出て来たところだった。

「君は？」

「は？」

「いや、記憶障害」

「あら大変。どうします？」

「内部《なか》で話そう」

店の奥座敷で話すうちに、せつらの記憶障害はここ二日間だけとわかった。


美冬が自分のことを含めて知る限りを話して聞かせると、せつらはやっとうなずいた。

「三時間前までこちらにいましたよ。記憶にないんですか？」

「全然」

美冬もすでにこの店長がおかしいというのは感づいている。いまここにいたと思うのに、気がつくといないし、奥座敷から、〈人捜し《DSM》センター〉のオフィスの方へ行くのを目撃した次の瞬間、店の出入口からやって来たりする。一度など、せんべいを持って来てくれと言われて、通路へ入った出会い頭にぶつかりそうになり、きゃっと思った瞬間に消えてしまい、ふり向くと、背後にいた。

殺し屋であるから、美冬は殺害法を考える。わざわざ懐中に入りこんだのは、〈区外〉でもその美貌で名高い〈人捜し屋〉とやらがどんなものか、常ならぬ興味が湧いたからである。

会った途端に別世界へ放り込まれた気分になっ

た。殺しのプロとしての精神力など、あっさり消しとび、この店長のそばに一生いたいとさえ思った。美しさはひとの奴隷《どれい》化を促進するのである。

何とか自分を取り戻せたのは、プロとしての克己《こっき》心《しん》からである。しかし、どうやれば斃《たお》せるのか、想像もつかなかった。

その気になれば後ろから射つことも正面から刺すのも簡単にやれそうだ。しかし、いざとなると、とても無理——と潜在意識が自制を要求する。こんな美しい人間を殺したら、地獄行きになるぞ、と。

美冬は懊悩《おうのう》した。自分の意識も含めて、全てがよせと命じる。

それに対抗する自我は余りにも弱く心もとない。第一、秋せつらを一度目にし、その声を聞いてしまったら——殺意など湧かないのだ。

だが、自分でも驚くべき精神力によって、美冬は二日間、何とか殺意を維持して来た。

今だ、と思った。


おかしな店長は、もっとおかしな状態にある。美冬自身も閃いた。

「わかった」

とせつらは茫洋《ぼうよう》と首肯《しゅこう》した。

「二時から、〈新宿流砂〉ね。行ってくる」

「忘れないで下さい。連城《れんじょう》さんって方です」

昨日、そういう電話が店のほうへかかって来た。せつらが留守だったので、メモを取っておいて、見せると、オーケイと了承した——勿論、留守以外は嘘《うそ》っぱちである。

「心配だわ。一緒に行きましょうか？」

「ノン」

「あ、いきなりフランス語。やあだ」

こう言って、せつらの背を叩いた。せつらは少し眉を寄せて去った。

いちばん近くのバス停に着くと、七分ほど後と、掲示板に点滅があった。

先客が二人いた。待つ間に六人ほど増えた。みな呆然とせつらを見つめて棒立ちになった。

バスが来ても誰も動かなかった。

「乗らないんですか？」

運転手がぶっきら棒に声をかけ、こちらを見下ろして、同じ運命を辿《たど》った。

仕方がない。せつらは失礼と前方の二人を置いて乗車した。

運転手は頭をふり、こめかみをぐりぐりとこじり、頰《ほ》っぺたを思い切りつねって、ようやくまともな表情を取り戻した。

外の客たちは、まだ人の像と化している。

もう一度、乗らないんですか？　と声をかけてから、運転手はドアを閉めた。発車してから、バックミラーを覗こうとして思いとどまった。

走行中である。事故った後で、客を置いて来た、では済まない。

せつらはいちばん奥のシートにかけていた。周囲の客たちはみなうっとりと宙を仰ぎ、いつ死んでも悔いはないという表情を見せていた。せつらは席まで歩いただけだった。

せつらが出て行ってから一〇分ほど待って、美冬はシャッターを下ろし、着替え用の小部屋へ入って、ロッカーからバッグを取り出した。

必要なものは、直径三センチほどの銀色の円盤だった。それが一〇枚も入ったパウチをベルトの右腰につけて準備は整った。

雇い主抹殺の準備が。

バスは〈新宿駅西口〉から〈小滝橋通り〉を通って〈職安通り〉へ出た。そこを右折してから〈旧区役所通り〉をもう一遍右折し、〈ゴールデン街入口〉で、世にも美しい若者を下ろした。それから〈靖国通り〉へ出た途端、突進してきたタクシーと衝突したのは、運転手はもちろん、乗客全員が心ここにあらずだったからである。

バス停の位置は、通りをはさんで〈メフィスト病院〉の真ん前であった。四分前だ。せつらは足早に歩き出した。

今なお世界に名を響かせる〈新宿ゴールデン街〉は、一時の衰退状態から脱し、店舗の改装やメニューの改訂などを積極的に行なった結果、〈魔震〉以前の賑《にぎ》わいを取り戻していた。〈旧区役所通り〉から入り、この呑み屋街を真っすぐ突き抜けると、広い通り一本ほどの、白い流れが見えてくる。

正確に〈ゴールデン街〉の北の端から生じ、南の端に消えてゆく砂の流れは、陽光の下では黄金に、月光の下では白銀にきらめいた。

〈ゴールデン街〉を貫く通りは、〈一番街〉から〈六番街〉まである。最も〈靖国通り〉に近い〈一番街〉の端にせつらは立った。

流砂は砂を運ぶだけではなかった。

半ば埋もれた様々な形が、せつらの眼前を流れ過ぎた。

机、パソコン、大型のモニター、バイク、ピアノ、コピー機、ダンボール、風呂敷包み、束ねた本。

人々の営《いとな》みが浮き上がり、流れ、また消えていく。同じものを眼にした記憶はない。だからこそ、人は流砂に投じる。役に立たなくなったものを。二度と見たくないものを。かつては——この上なく愛したはずのものを。

だから、刑事たちはしょっ中ここを訪れる。

投じれば、二度と戻っては来ないものを、そうなる前に引き戻そうとして。

「店長」

呼びかけられてふり向いた。

美冬がやってくるところだった。

「——来るなって」

「ごめんなさい。どうしても気になって来ちゃいました」

美女は屈託《くったく》のない笑顔を見せてから、せつらの肩にすがった。

すぐに離れて、流れる砂を見つめた。

「凄いわ。色々と流れてくるんですね？　何回も現われるんですか？」

「いや。出てくることはほとんどない」

「じゃ、いま流れてるのは？」

「全くの偶然。あのモニターはもう何年も前の品だし、あっちの冷蔵庫は最新型だ。開ければ何かが見つかるかも知れない」

「やだわ」

美冬はコートの前を押さえた。

「死体とかもあるんでしょうか？」

「多分、山ほど」

と言ってから、せつらは周囲を見廻して、

「遅いね」

美冬は手を打った。

「ひょっとしたら——別の場所だったかも」

せつらは、あわてた風もなく、

「別の場所？　どこ？」

美冬の表情が忽然《こつぜん》と変わった。

「あの中よ！」

美冬の右手から黒い円盤が銀色の流砂に吸いこまれた。

「うわ!?」

せつらは右肩を引かれるような形で、流砂に踏みこんだ。

「ちょっと——!?」

「いってらっしゃい、店長」

美冬は愉《たの》しげに片手をふった。

「こら」

せつらは手をのばそうとしたが、指一本動かなかった。

「店長の右肩につけた受信器がいま放りこんだコントローラーの電波を受けて動きを封じてるわ。さよなら。短い、バイト生活だけど、何だか名残《なご》り惜《お》しいな」

「罰《ばち》が当たるぞ」

唯一砂の上に出た美しい顔が、この期に及んでも、のんびりと悪態をついた。

それが砂の中に消え去ってからも、一分ほど美冬はその場に立ち尽くし、ようやく背を向けた。

「何だか、気が抜けちゃった。あんなきれいな男と、二日間も……」

足が止まった。美しい殺し屋は胸を押さえた。

「……やだ……何よ、この虚《むな》しさ……どうしよう……何だか……こうしてちゃ……いけないような……」

瞳の奥——胸の記憶野に、ひとつの顔が灼《や》きついていた。それは他のあらゆる記憶を押しのけ、妖しく美しく広がっていった。記憶のみならず、彼女の精神にまで。


〈歌舞伎町交番〉で事務をとっていた警官は、いきなり駆けこんで来た美女に眼を丸くしたが、どうしたかと尋ねる前に、

「おれ……流砂に……人を投げ込みました」

と告白したのには、もっと驚いた。

自分が殺し屋で被害者は、と打ち明けられてから、通信器にとびついたその前で、女は頭を抱え、ぶつぶつとつぶやいた。

「……やっぱり、罰なんだ……あんな美しい奴を殺しちゃ……ならなかったんだ……おれ……消えて償《つぐな》わなくては……」

「レスキュー隊をよろしく」

と告げてマイクを戻してから、警官は殺人者を見据えて瞬《まばた》きをひとつした。

「——!?」

女は消えていた。

外へ出た気配はない。

とび出したが、誰も見えなかった。

交番へ戻り、警官は、

「わからん」

とつぶやいた。それから、いや、とつけ加えた。

ひとつだけわかっていた。

彼は望みを叶《かな》えたのだ。

第九章　キス・ミー・マイ・ビューティー

1

眼を醒《さ》ますと、手足の自由が奪われていた。

天蓋《てんがい》付きの豪華な寝台に横たわるせつらを、透きとおるような肌を被《かぶ》った女の顔が見下ろしていた。豊かな金髪、顔立ちからしてラテン系だ。髪と同じ色の眼——コンタクトだろう——でせつらの直視を避けている。

ホテル——というより宮殿のように豪華な部屋である。天井の造作《ぞうさく》を見るとバロック趣味だ。

「何処《どこ》？」

まず訊《き》いた。手足を動かそうとしたが、ぴくりともしない。薬か術だ。

「私が誰かより、場所のほうが気になるのですか？　がっかりさせないで下さい——と言いたいところですが、あなたなら仕方がありません。ここは〈高田馬場〉にある〝ビザールの館〟です。私はここの主人——エリザベス」

「へえ」

もうせつらにはわかっている。外国人の美女ばかりを集めた超高級娼館《しょうかん》だ。

何処から来たのか、と記憶を辿《たど》って、せつらは少し驚いた。霧の中である。せんべい店を出たのは、ぼんやりと残っているが、それからどうやって、何処へ行き、その結果がどうなったのかは虚無と化していた。

「あなたの顔——一度、〈市谷〉の〈船河原町《ふながわらまち》〉で見かけました。そのときからずっとこの胸の奥に灼《や》きついています」

女主人は絢爛《けんらん》たるドレスの胸もとから覗《のぞ》く豊かな乳房に左手を乗せた。男の脳を淫《みだ》ら漬《づ》けにするのに充分な自信をこめた仕草であり、肉体であった。

「でも、今のあなたの顔、少しだけとまどっているようです。素敵《すてき》。火焙《ひあぶ》りにしたら、どんな風になるのでしょうか。いけないい——我を忘れそうですわ」

女——エリザベスの指は乳房に食いこみ、こね廻《まわ》しはじめていた。

情欲の業火《ごうか》に苛《さいな》まれているこの女に、せつらはどう対処したか。

「教えるから、そっちも教えて。どうして僕はここに？」

「教えてあげません。もう少し困って下さいな。それを見るだけで充分。それ以上になったら、私——狂ってしまいます」

「じゃ、手足を動かしたい」

「それもいけません。あなたの寝姿を見て、あたくし決心しました。死ぬまでここにいて下さい」

「仕事があるので」

「もうおよしなさいな。あたくしが食べさせてあげますことよ」

「はあ」

こういう曖昧《あいまい》な返事を、こういう精神状態にある女が聞いたらどうなるか。

その眼は歓喜にかがやき、全身は悦《よろこ》びにわなないた。

「わかりました」

「え」

「すべて任せて下さい。一生、この館であたくしと一緒にいて」

エリザベスはもはや正気を失っていた。そのくせ、せつらが自由にしてくれと申し込んでも、

「いけません」

と拒否するだけだ。

窓外《そうがい》の光は蒼《あお》く変わりつつあった。

「そろそろ、仕事じゃ？」

「気にしないで下さい。あたくしは、これからずうっとこの部屋であなたの世話をして一生を終えます」

「勿体《もったい》ない」

「ちっとも」

「いえ、僕の時間が」

「まあ」

エリザベスの表情が怒りに紅潮《こうちょう》した。

「なんて情《つれ》ないこと仰《おっしゃ》るの？　やだ、許せない！」

エリザベスは小走りに、奥の机に近づくと、引出しから黄金の鞘《さや》に入ったナイフを取り出した。

せつらのところに戻った顔は別人のように血の気《け》も失《う》せ、眼には明らかな殺意が宿っていた。たったひとことで——信じられない変貌《へんぼう》であった。恐らく、彼女の理解を超えた美しさを眼にした瞬間から、女主人は彼への殺意を抱いていたのかも知れない。後は契機だけだった。

ためらいはなかった。エリザベスは両眼を固く閉じていた。

ふりかぶったナイフには充分な殺意がこもっていた。

だが、ふり下ろす寸前、ドアが激しく乱打されたのだ。それは狂気の真《ま》っ只中《ただなか》にある女の手さえとまどわせるほど、これも狂的なものであった。その下でせつらが、ふう、と安堵《あんど》の息を吐いた。

「誰？」

手にした刃《やいば》のような問いに、

「開けて下さい！」

と女の金切《かなき》り声が叫び返した。

「そこにいる男性——ご主人ひとりのものじゃありません。あんな美しい方、みんなの財産です！」

どっと声が集中した。

「あたしにも見せて！」

「見せて！」

「見せて！」

「見せて！」

ドアを叩《たた》く手は複数になった。

「お黙り！　あんたたちに給料を払ってるのは、あたしだよ！　使用人の分際《ぶんざい》で。さっさとその辺のひと束一〇〇円の男どもを愉《たの》しませに戻りな！」

「開けろ！」

エリザベスは動揺した。それは男の声であった。

「おれは客だ！　さっき、二階へ運ばれる彼をチラ見した。あんな美しいものがこの世にいるのか。おれも死ぬまでにもう一度見たい！　開けてくれ！」

いきなり、ドアが揺れた。

「無駄よ、二〇ミリのデュープ鋼板が入ってるのよ。トラックがぶつかっても平気だわ」

もう一発――扉が歪《ゆが》んだ。

「おれは強化手術を受けてるんだ。ビルのひとつやふたつ、瓦礫《がれき》の山にして売っ払うくらいのパワーはあるぜ！」

「入って来てごらんなさい！　この人を殺してあたくしも死にます！」

エリザベスの絶叫は効果覿面《てきめん》であった。

世界は沈黙した。

「もうおしまいね。一緒に死んで！」

ふたたびふり上げられたナイフは、しかし、またも下ろされることはなかった。

エリザベスの真後ろに当たる壁が、内側へ吹っとんだのだ。壁の破片はエリザベスに突き刺さり、引き裂き、吹きとばした。

大穴から侵入して来たのは、ひどく太った影であった。

男ではない。声の主らしい影はその後ろにいた。

太った影は、でんでんとせつらの寝台に近づき、

「やっぱり、ぶう」

と言った。

「外谷？」

せつらがのんびりと訊いた。

「解放だ。ぶう」

外谷はせつらを見下ろし、いきなり拳をふり上げた。

「ちょい待ち」

とせつらが声をかけて、上体を起こした。

「む？　ぶう」

でぶの女情報屋は、タラコのような唇を大胆にひん曲げて、不平面《づら》をつくった。

「動けるのか?」

男が呆《あき》れた。

せつらは、寝台に激突したエリザベスという名の肉塊に眼もくれず、破片を振り払って床へ下りた。

「この女が死んだから」

術も解けたという意味であろう。

「くんくん」

外谷は鼻をひくひくさせて、

「まだ生きてるね。手当てを受けさせておやりだわさ、ぶう」

と言った。

穴の向こうに突っ立っている女たちの何人かが、せつらの方を見ないように近づき、エリザベスを運び去った。

「あんたのおかげでえらい騒ぎだわさ、ぶう」

と外谷は眉をひそめた。

「コンテストの日まで、どっかに隠れてたらどうだわさ? ぶう」

「そうもいかない」

せつらは大きく手足をのばして、突っ立った男へ、

「どうして、僕はここへ?」

と訊いた。

「いや、おれはこの店の裏を通りかかったとき、エリザ——女主人の車が停《と》まって、あんたを背負った女が、そこから非常階段を昇っていくのを目撃しただけだ」

「仕様がない。戻る」

「何処へだ、ぶう?」

「内緒。それより——君、ここで何を?」

「バイト」

さすがにせつらの眉が、他人にもわかるほど上がった。

知己《ちき》が娼館に勤めていたことがショックだったわった。

けではない。この女が、およそ需要のなさそうな職業を選んで、しかも採用されたのが信じられなかったのだ。

　その辺が理解できたのかどうか、外谷は、柔らかい丸太のような腕をふり上げて、

「あたしの女としての欠陥は、セクシーさに欠けることだと思うのだ」

　と、宣言した。せつらはいつものように、ぽかんとしたきりだが、男や残りの女たちは、呆然《ぼうぜん》と立ちすくんだ。でぶはしゃべってはならないことをしゃべり、彼らは聞いてはならないことを聞いてしまったのだ。ただひとり、それに気づいていない女だけが滔々《とうとう》とつづけた。

「でないと、コンテストの優勝まであと一歩届かない。そこで、女のセクシーさが最も純粋な形で発揮されるここを選んだのだ。ところが、一度も声がかからない。エリザベスに訊いたら、もう充分だと言われたのだ。どうしようかと思っていたら、あんたが運ばれて来たと、こちらの方が知らせてくれたのだ」

　せつらは男を見て、

「どーも」

　と言った。礼のつもりらしい。

「いや」

　男は苦笑を浮かべた。

「通りかかっただけ？」

「勿論《もちろん》だ」

　男は胸を張った。

「とにかく、どーも」

　せつらはもう一度礼を言ってから、

「後は任せる」

　と廊下へ出た。

「何処へ行くのだ、ぶぅ？」

　外谷が訊いた。

「もと来たところ」

「送ろう」

と男が申し出た。

「足手まとい」

「おい、おれは——」

「女が一〇〇人ばかり集まってる。多分、みな狂ってるか狂いかけてる」

「やめとくわ」

「いい子いい子」

せつらは穴を抜けた。

その姿が非常口から消えた途端、女たちはその場に昏倒《こんとう》し、外谷と男だけが顔を見合わせた。

「ひょっとして——」

外谷が訝《いぶか》しげな視線を男に投げかけて、

「あんた——警官?」

「正解だ」

と男は言った。

「しかし、この件にだけは関わりたくなかった。今となっては遅いがな」

こう反省の弁を吐いて、〈市谷署〉きっての悪徳警官・大村は恍惚《こうこつ》とも困惑ともつかぬ顔つきになった。

2

せつらが戻ったのは、〈三丁目〉の地下に広がる集会所であった。

案の定、最初のルートを再行すると、かすかな炎と、ゆらめく人影——それから、呪文を唱えるような陰々《いんいん》たる声が聞こえて来た。

会合は終わっていなかったのだ。

せつらの斃《たお》した妖物たちの死体は取りのけられ、血の染みだけが数時間前の戦いが真実だと告げていた。

壁の一部が崩落したらしいコンクリート塊の陰から覗くと、一〇〇人近い観衆が集まっていた。

あの壇の上に女がひとり立っている。せつらには見覚えがないが、大層な美女だ。

藤沢恵美子こと真木みち子であった。

演説の内容は、どうやら終盤にさしかかっていたが、美人コンテストに関してのエールらしいのは、少し聞いているうちにわかった。

「繰り返し申し上げますが、秋せつらとドクター・メフィスト――この二人のキスを受けるためには、人間では限界があります。私たちはより華麗なる美しさを身につけねばなりません。みなさんがここに集まったのはそのためであり、私がそのお手伝いが出来るからであります」

歓声と拍手が湧き上がった。単なる喜びと熱狂を超えた、狂気を思わせる昂《たかぶ》りが地底を震わせた。

「では、本日はこれまで。私たちの神聖なる集まりに対し、妨害工作を行なう輩《やから》もあったようですが、同志が処分してくれました。まだまだ別の力を持つ方たちもいます。みなさん、安心してお過ごし下さい。そして、また明日、お目にかかりましょう」

ふたたび拍手が天地に躍り、すぐに気配が散りはじめた。

せつらの前を女たちが去っていく。服装や姿形を見ても平凡な主婦がほとんどで、ぽつぽつとOLや学生らしい姿が混じっている。

せつらが下りて来たのとは別の出入口があるのか、声と足音はさらに遠ざかって、やがて絶えた。

その前にせつらはコンクリ塊を出て、広場へ足を踏み入れた。

壇上に平凡なスーツ姿のみち子がこちらを見つめていた。

「ようこそ。演説が短くて良かったでしょ」

「知ってた?」

「ここにも色々仕掛けがあるのよ。私の同志がこしらえてくれたわ」

それが只ならぬ能力の持ち主であることは、女学者の〈魔震〉製作力でせつらも知り尽くしている。

「どうするおつもり?」

みち子が訊いた。せつらは答えた。

「弟さんのところにお連れします。木村多良子さん」

「おかしな名前ね。昔、聞いたことがあるようだけど。忘れてしまったわ」

「同行願います」

「お断わりよ」

みち子は艶然《えんぜん》と笑った。それはすぐ苦笑に変わってせつらを見つめた。

「私は最初タレント志望だったのよ。それが今ではどうでも良くなった。地を這《は》いずっていた亀が、突然、星のかがやきを知ってしまったみたいにね。誰のせいだと思って?」

「さて」

みち子は吹き出した。

「細かいことはどうでもいい? それとも、仕事以外に興味はない? そうでしょうね、それだけきれいなら」

女教祖の声は恍惚と溶けていた。


「僕は何時間か前にもここへ来た」

とせつらは言った。自分の身に起こった謎は解明しておきたいらしい。

「おかしな連中と闘《や》り合って気がつくと〈高田馬場〉にいた。事情は知ってる?」

みち子は眉を寄せた。白い顔に、みるみる怒りの色が滲《にじ》んで来た。

「エリザベスね。彼女の娼館へ連れていかれた――今日はいないからおかしいと思っていたら、そうだったの――いつも早く来る人だから、あなたを見つけて連れていったんだわ」

「抜け駆け?」

「そういうこと」

みち子はうなずいた。途端に全身から不安を噴き出して、

「ね、何かされなかったでしょうね?」

せっつかれるように訊いた。

「眼が醒めてからは」

眠っている間はわからない、というせつら独特の根性悪《こんじょうわる》な返事である。

「まさか……」

「いや。キスぐらいじゃない」

これで、絶望するかと思ったら、

「ああ、ならいいわ」

怒気も消して、息をついた。

「いいのよ、一位のキスでなければ、いくらでも奪ったらいいわ」

せつらの頭の上には？マークが浮かんでいたかも知れない。

「みんなで何人？」

「今夜は八九人」

「みんな一位にはなれないよ」

みち子は、微笑した。

「でも、あなたのキスをめざして一位になろうとしてるわ。それでいいの」

「わからない」

「それだけきれいでも、所詮《しょせん》は男よね」

どこか哀《かな》しげな憫笑《びんしょう》であった。

「とにかく、一緒に来て下さい」

「行けないわ。言ったでしょ」

「それじゃ」

すでにみち子の身体には、それと気づかれぬように妖糸が巻きつけてあった。せつらはそれを締めたのである。だが、手応《てごた》えは異様なものであった。チタンの糸は、布地の上を空《むな》しく上滑《うわすべ》りしていた。

またもや？マークを浮かべたせつらへ、みち子は笑いかけた。

「私の信者は、この一日で五〇〇人近く集まったの。大概《たいがい》は主婦だけど、自宅での実験が趣味の人もいるの。この油は、理系の大学を出た奥さんの発明よ」

ついに糸が地面へ落ちるのをせつらは感じた。

となると後は——

「腕ずくか」

腕っぷしには全く自信が——

不意に世界が揺れた。

全身から血と気力が引いていく。

「〈魔震〉か」

美しい花が地に敷くように、せつらは倒れた。

「音もしない」

とみち子は感嘆よりも怖《おそ》れに近い声を絞り出した。

「これだけ美しいと、物理の法則まで狂ってしまうのかしら」

みち子は壇を下り、せつらに走り寄った。右手に隠していた「魔震発生装置」は、佐渡巻子から貸与《たいよ》されたものである。

倒れたせつらを見下ろした途端、新たな、さらに強い恍惚の翳《かげ》がその面貌に煙《けぶ》った。

秋せつらの美貌の魔力は、意識を失ってなお、恐るべき敵の脳を灼き、精神《こころ》を撫《な》で、欲情をほぐして、その悪意とは別の行為を強制しようとしていた。

「この人を、こんな目に遭わせては……いけない。早く、地上へ連れ出さなくては……」

と片手をのばしかけ、あわてて、首をふった。

「駄目よ。このまま返しては……またあたしを……捜しに来るわ……なら、いっそ……」

ああ、みち子の眼に宿りはじめた光は、表情は、少し前に〈高田馬場〉の娼館で女主人が示した、そのものではないか。

だとすれば——

みち子は、のばしかけた右手をスーツのポケットに入れた。

取り出したのは小さな自動拳銃《オートマチック》だった。ためらいもなくせつらの額に銃口を当てた。

引金を引けば済む。

だが、その右手は激しくゆれた。

「どうして？　どうして動くの？　あたしは射つ気なのよ。殺すつもりなのよ。こんな美しい人間なんて、この世にいるはずがないでしょ。いてはいけないのよ。世界が紫色に発狂してしまうから。いま射ち殺さないと——みいんなおかしくなってしまう……」

ゆれる拳銃に左手が添えられた。

「射つぅ!」

運命の叫びを銃声が消した。

肩を押さえてみち子はのけぞった。

せつらがやって来た穴の方から数個の人影と光輪がやって来た。

みち子が後じさり、背を向けて走り出したとき、

「止まれ!」

声とともに足下の土を銃弾が弾《はじ》いて、みち子を停止させた。

「えらい色男が……」

呻《うめ》くような声を背に、まだせつらを見てはいないらしい、まともに凶暴な顔をした男たちが二人、みち子の前に立った。ひとりが硝煙《しょうえん》たなびく拳銃を構えている。

「あんた——木村多良子だな。傷つけるつもりはねえ。黙ってついて来い」

「あんたたち——誰よ?」

「教祖さまの命令で来た。偉大な力で、ここを探り当てたのも教祖さまだ」

みち子の口に出さぬ返事は、ははあん、であった。

「あんたたち、勘吉の信者ね」

「カーン様と言え。姉上といえども許さんぞ」

「はいはい。で、彼はどうするつもり?」

みち子の視線を追って、ようやく、男たちは頬を染めた。

「あ……あの男……そうか、カーン様の仰っていた人捜し屋……」

「当たり」

「なら、指示を受けている。おい、射ち殺せ」

「どうして?」

驚いて訊いた。

「あの男が関わると、教祖さまや姉上も危険だそうだ」

「でも、殺しちゃ駄目。何もかもあの人のせいだけど、あの人のおかげで、みんな生き甲斐《がい》を見つけたんだから」

「殺せ」

拳銃を握った男が、せつらのそばに立つ男に命じた。

しかし——男は動かない。

「何してる。射て」

「無理よ。あの顔を見たら」

みち子は嘲笑した。

「えーい、どけ。おれがここから射つ」

拳銃を握った男が狙いをつけた。扱いに慣れているらしい。腰の据わった構え方だった。

みち子が止める暇もなかった。

足底からの衝撃が全員を持ち上げた。天井と大地を音響が混交させ、どこまでも大きく高く昇って、どん、と落ちて来た。

崩壊する天井を避けて壁に寄った人々の頭上から、黒い小型のヘリが下りて来た。ローターの風を切る以外は音をたてなかった。完璧な無音ヘリである。

ローターの回転軸から真紅の光条が迸《ほとばし》って地面に灼熱《しゃくねつ》の輪を描いた。レーザー・ガンだった。

ヘリの風防が開いて、ゴーグルとヘルメット姿を二つ吐き出した。

レーザーで威嚇《いかく》しながらせつらへと走りより、片方がその腕を摑《つか》んで立たせた。

「何者だ!?」

と銃を向ける男たちの肩と腿《もも》を灼熱のビームが貫通し、コンクリを切断してのけた。

容赦ない攻撃に男たちが成《な》す術《すべ》もない間に、二人はせつらをヘリに引きこむや、じぶんたちも乗りこんだ。

男たちが拳銃を射ち上げたのは、ヘリが上空の夕暮れに溶け込む寸前であった。

「どうだね？」

パイロットが訊いた。レーザーを射ちまくった方である。

「意識不明よ。カメラで見たところ、〈魔震〉にやられたみたい。真っすぐ、メフィスト病院へやって」

「了解」

パイロットの返事と同時に、直線距離で一〇〇メートルも離れていない白い医師の病院へと機首が傾くのを感じながら、陣座友子はゴーグルを持ち上げた。

せつらが〈三丁目〉の穴へと身を躍らせた後で、友子はリモコン作動の自動偵察機《AIV》をとばしたのだ。

地下での戦いはすべて携帯スクリーンに送られた。

そして、自らは「知性堂」の支社へ駆け込み、ヘリを用意してから駆けつけたのである。

「顔だけで何とか切り抜けられたみたいだから、うっとり見物してたけど、最後は危なかったわね。でも、もう大丈夫。傷ひとつつけさせやしないわよ、私の御飯の素《もと》に」

窓外へ眼をやると、丁度ヘリは降下に移り、病院の屋上に広がるヘリポートが近づいて来た。

3

友子から事情を聞いたメフィストは、

「情けない」

と洩《も》らし、治療を終えると、

「三日間、安静が必要だ」

と告げた。コンテストは二日後であった。

 メフィストからの連絡によるパニック第一号は、梶原〈区長〉であった。

コンテストの手配で、〈区役所〉に泊まり込みだった彼は、食べかけの肉うどんの丼《どんぶり》を手に病院へ駆けつけ、せつらに面会を乞《こ》うた。

　代わりにメフィストが相手をし、梶原は絶望的な顔で応接室を出た。

「いかん。二枚看板の片方が出場不可能になった。おしまいだ。君、参加費はいくら集まっている？」

「一億円を突破していますが」

　と深田典子は答えた。

「事情を話して返却しましょうか？」

「莫迦《ばか》なことを言うな！」

「はあ？」

「どこの世界に、入った金を返す莫迦がいる？　コンテストはあくまで実施するぞ」

「でも――秋さんが欠場では」

「ドクターを買収しろ」

「えーっ!?」

「キスのときだけ会場へ連れて来させるんだ。行き帰りを合わせても三〇分で済む」

「ドクター・メフィストがＯＫするはずないですよっ」

　梶原は首をふった。

「あれで硬軟自在なところがある。金で動かん人間はおらん」

「あの人、人間ですか？」

「何だったら、君の魂をくれてやれ」

「やですよ、そんな」

「とにかく、買収しろ。魂ひとつで足りなけりゃ、〈区役所〉の連中のを持ってけと契約してやるんだ。外村までなら構わん」

「〈副区長〉が聞いたら怨《うら》みますよ」

「怨まれてどうにかなるのなら、わしはとっくにあの世にいるわい」

「ごもっともです」

　生まれてから、最高に納得した返事だわと典子は思った。

「任せたぞ」

「承知いたしました」

誰が、そんな阿呆《あほ》な真似《まね》するものか、と思いながら典子はにこやかに笑った。

本当に持ってかれたらどうするのよ。


その前夜。

〈魔界都市〉は異様な雰囲気に包まれていた。

真木みち子こと木村多良子は、弟とどちらが教祖としての力が勝るか言い争い、張り倒した後で最後の化粧に精を出しはじめた。

我羅門さえは、その日も終日、ベッドの上で虚空の一点を凝視していたが、深夜、ナース・ステーションのモニターに、髪をブラッシングしはじめている光景を映して、当直のナース全員を驚かせた。

メフィスト病院で、入院五日目を迎えた老婦人は、近くに人の気配を感じて浅い眠りから醒めた。

戸口に近い洗面台の前に、誰かいる。小さな蛍光灯《けいこうとう》を点《つ》けてあるせいで、それが髪の長い女らしいというのはすぐわかった。眼を凝《こ》らすと、顔に手をこすりつけ、何やら化粧に励んでいる風に見える。

ふと、手が止まった。気づかれた、と思った刹那、女がこちらを向き、老婦人は失神してしまった。

梶原マキは、居間の化粧台の前で、〈区外〉から購入した高級化粧品の瓶《びん》を置いた。

どうしてもうまく乗らない。〈新宿〉のメイク技術を持ってしても、老いた肌を艶めくものに変えることは出来ないのだ。いや、技術はある。〈新宿〉のエステへ行けば、干からびた肌も、数分で青春の張りを復活させられる。

だが、何故かそれはしたくなかった。

マキはまた塗りはじめた。

涙が頰を伝わった。

何のためにこんなことを？　わかっている。あの若者のキスを受けるためだ。もうひとつわかっている。一位になどなれっこないことを。参加者はみなそう考えているだろう。なのに、何故？　答えは出ているような気も、そうでない気もした。

涙を流しながら、〈区長〉夫人は手を動かしつづけた。


その日が来た。

会場はかつての〈噴水広場〉に設営され、出場者の列は〈靖国通り〉まで続いた。

司会者の紹介で〈区長〉がコンテストの意義を滔々と語り出し、ついに石をぶつけられて降壇《こうだん》した。

気の利《き》いた司会者は、早速《さっそく》審査員の紹介に移り、ドクター・メフィストと秋せつらの名をファンファーレ入りで告げた。

客席にいた陣座友子は、思わずあっと叫んだ。秋せつらは飄々《ひょうひょう》と白い医師の隣りに着席したのである。

会場は恍惚のうちに沈黙した。

人々は輝きを放たない。だが、人々はそこに二つの光を見た。異世界のものが、こちらの世界と触れ合ったかのように。

この二人に何かしゃべらせたら進行不可能に陥《おちい》ると判断した司会は、間髪《かんはつ》入れずコンテストに突入した。

出場者たちは、二人の前でポーズを取り、質問に答える、時間はひとり三〇秒とされた。

そんな必要はなかった。出場者はことごとく、名前を呼ばれる前からうっとりと空中を見つめ、機械人形のごとくぎごちない歩みで二人の前に立つと、その場で石と化すか崩れ落ちて、待機していた救命士に運び去られてしまったからである。

充分に予想できる結果だったので、全てはスムーズに進んだ。

客席の中で、木村カーンこと勘吉は、ある決意の瞬間が来るのを、心臓の鼓動に託して待ちわびていた。

——姉が出たら、せつらを殺す
そのための力を彼は充分に有していた。

藤沢拓は、レーザーガンを右手に会場の一隅《いちぐう》に立ち尽くしていた。みち子が現われたら、せつらもろとも射ち殺すつもりだった。理由は単なる男の嫉妬だ。阿呆らしいし莫迦らしい。愚かの極みだが、男というのはこういう単純な行動原理で、一線を越えてしまう。

彼の心情が、普遍的なものだというのは、六人目の出場者が、夢見るような顔と足取りで登壇した瞬間に判明した。

客席のひとりが、ぺけこ〜と妻の名を呼びつつ手《しゅ》榴弾《りゅうだん》を投擲《とうてき》したのである。しかし、危険物は空中で見えない手に捕えられ、遥か高みへと上昇、爆発した。景気づけだと他の客たちは喜んだが、灼熱の破片を浴びた何人かは救護所へ運ばれる羽目になった。

情けない男どもの妨害が続出したのは、それからである。

拳銃を射つ、日本刀をふりかざして突進する、おれのほうがウックシイと化粧した男が登壇しかける。そして、阿鼻叫喚《あびきょうかん》に陥る寸前、不可視の護衛の手によって、未遂《みすい》に終わるのであった。

退場者はひとりもいなかった。

「木村多良子さん」

この名を聞いた途端、会場中に失笑が走ったが、当人が現われた瞬間、それは感嘆のどよめきに変わった。

水着——ともいえない小さな布地を身につけただけの官能の肢体《したい》と妖艶な美貌に、観客全員が、ぶっちぎりの一位と確信したのである。

審査の二人は、どう見てもやる気がなさそうであった。

白い医師は冷厳どころか、物体《もの》を見ているとしか思えぬ虚無の視線を出場者に注いでいるばかりだし、もう少し人間味のある若者のほうは、小春日和の日向《ひなた》ぼっこという感じで、まともな評価など出来そうにない。それでいて観客も出場者もスタッフも怒りのかけらも感じないのは、圧倒的——というも愚かな二人の美しさのためだ。

そも彼らが姿を見せたとき、

——こんなコンテスト意味がない
眼にした全員がこう確信してしまったのである。

こうなればおしまいである。コンテストは、単なるショーと変わり、怠惰《たいだ》な時間稼ぎのみで終焉《しゅうえん》を迎える。

それがこの場のあらゆる人間、TV視聴者の胸を恍惚と溶かし、いつまでも終わって欲しくない、いや、永遠に続けばいいとさえ思わせたものは、ありとあらゆる人間的要素を超越したメフィストとせつらの美貌ゆえであった。

そんな世界に忘我《ぼうが》と浸《ひた》り切っていた観客が、おかしな名前の出場者をひと目見て沸いた。


そして——沈黙。

メフィストが唇を開いたのだ。

「おきれいだ」

せつらの方を見て、

「どうかね？」

こちらは、

「はあ」

どうでもいいのか、せつら？ その顔は、昨日、おまえを地の底で葬《ほうむ》ろうとした女性のものではないか。それとも、仕事とこれは別なのか。

「いいんじゃない」

会場が地鳴りのようにどよめいた。

そして——またもや沈黙。

どうして、こんな静かな声が、感嘆の坩堝《るつぼ》の中で聞こえるのか。

メフィストが、

「いや」

と言ったのだ。それは呪文のごとくこう続いた。

「残念ながら、その顔は本物ではあるまい」

「なんだ」

せつらは小馬鹿にしたように言った。

「それなら、みんなそうだろ、出場者だけじゃなく？　女性はみんな」

「不要の肉塊だ」

メフィストの眼光が多良子を貫いた。美女はたじたじと後退した。

「幾つ顔をお持ちかな？」

「………」

「答えずとも良い。答えはすぐに出る」

メフィストの右手が上がった。

そのとき、会場の奥で、待て！　とひと声上がり、男が立ち上がった。

「おや、勘吉くん」

とせつらがつぶやいた。

「姉貴に手を出すな、それが望みの顔だ。それで採点しろ。止めろ、秋せつら！」


勿論、言われた当人はきょとんとしている。

メフィストが手を下ろした。

「きゃっ!?」

多良子が叫び、両手で顔を覆おうとした。

その姿勢のまま彼女は半回転して観客の方を向いた。

「顔が!?」

「変わっていく！」

すでに多良子の顔は二つ目に——藤沢恵美子のものに変わっていた。瞬く間に一七、八のギャル顔に、さらに愛らしいタレント顔に。いや、また別の顔に、新たな顔に——凄《すさ》まじいスピードで。

〈新宿〉へ来てから、これだけの整形手術を彼女は受けているのだった。

時間にすれば数秒の変遷《へんせん》であった。

呆然と見つめる観客たちの前に、多良子がさらしたものは——さして特徴のない、しかし、温和で優しげな娘の顔であった。

遠くの巨大スクリーンへ眼をやって、

「ああ、とうとうバレちゃった」

と多良子は悪びれる風もなく肩をすくめて舌を出した。

「やっぱ無理よね、元は変えられないわ——失礼しました」

ぺこりと頭を下げて壇を下りる、その潔《いさぎよ》い姿に、会場から惜しみない拍手が押し寄せた。

「何かした？」

せつらが訊いた。

「何も。化粧の取れる時間が来ただけだ」

「ドラマチックだな」

うなずくせつらへ向けて、そのとき、

「殺せえ！」

勘吉の声とともに、最前列の女たちが拳銃の引金を引いた。みな焦点をぼかしたコンタクトレンズを入れている。勘吉専用の暗殺部隊だった。せつらは吹っとんだ。


「ざまあ見やがれ」

勘吉がこう吐き捨てたとき、息せき切って駆けつけた多良子が、ひと目で事情を察し、

「何てことすんのよ！」

いきなり凄まじい平手打ちを見舞った。

「——何って、おれは姉さんのために!?」

「何が姉さんよ、この莫迦男！　あんなきれいな——美しい男《ひと》を——殺してやる」

「なら、これを使いな」

多良子の背後から、黒革の手袋をはめた手が、小型のレーザーガンを差し出した。

「ありがと」

受け取って構える姉の眼前で、

「て、てめえらは!?」

勘吉は姉の背後に立つ数人の男たちを指さした。

「『台東組』の者《もん》だ。姉貴のためか何か知らねえが、うちの内情を他組《よそ》にチクったこと——忘れてやしねえよな」

「てめえが教祖やってるって噂《うわさ》は聞いてたし、確かめた。さあ覚悟しやがれ」

「ま、待て――待ってくれ」

「るせえ――おい、姉さん、かましたれ」

「わかった――勘吉、お逃げ」

多良子は反転した。銃口の前に立ちすくむのは男たちであった。

「うるわしい姉弟愛《してい》か。けどよ、こっちは完全防弾装だぜ。はい、拳銃《はじき》を返しな」

男たちの手にマグナム製の自動拳銃が笑った。

「はい、そこまで」

のんびりとかけられた美しい声に、男たちはふり返ろうとしたが、身じろぎひとつ出来なかった。

男たちの背後から、ひょいと現われた、世にも美しい人影は――

「秋さん!?」

多良子も勘吉も眼を剝いた。当然だ。

壇の方を指さして、

「ダミー」

とせつらは言った。

「流砂に沈んだけど、院長室へ流れ着いたらしい。また借りて来た。出場者のご亭主対策用だったんだ」

それをバイトに化けた美貌の殺し屋がつけ狙い、殺害の呵責《かしゃく》に耐えかねて自らを消してしまったのであった。

観客席の方で悲鳴が上がった。

男がひとり、こちらへ銃を向けたところを、別の男がぶちのめしたのである。

「こいつも、『台東組』の奴だ。員数外の隠し武器だな。そのお姉さんもろとも、署まで来てもらおうか」

マグナム・ガン右手に笑いかけたのは、悪徳刑事・大村であった。

「どーも」

とせつらは片手をふってから、立ち尽くす姉と弟

へ、

「ああ言ってるけど、叩けばいくらでも埃《ほこり》が出る」

「わかってるわ。人妻だったとき、夫から色々聞いてるわよ。それに知らない仲じゃなし。署へ着くまでに逃げてやるわ。さもなきゃ、警察でみんなバラしてやる」

「じゃ、その後で」

「はいはい。もっぺん捜し出して」

「それでいい？」

訊かれて勘吉はうなずいた。

「勿論だ。任せるよ」

「じゃ」

「行ってくるわ」

近づいて来る大村を横目で眺め、多良子は微笑した。

「あたしちっとも後悔してないわよ。みんなそうだと思う。これでさっぱりしたわ——またね」

せつらは片手を上げた。


大村と多良子を含めた借金取りたちが歩み去る途中で、会場の外にパトカーのサイレンが止まり、警官たちが大村を車内に連れ込んだ。いろいろ露見したらしい。せつらは壇上へ戻った。

騒ぎは静まっていた。メフィストが、射たれたせつらは偽者だとバラしていたのである。これで済むのが〈新宿〉の凄《すご》いところだ。

「今の彼女で最後だ」

とメフィストが言った。

「ひと騒ぎありましたが、いよいよ、採点の時が参りました。では、お二人——よろしいですね。ナンバー・スイッチをお押し下さい」

みなが大スクリーンを見つめた。

深田典子も。

我羅門さえも。

梶原マキも。

外谷良子も。

髪の長い青白い娘も。

陣座友子も。
佐渡巻子も。
他のみなも。
ひとりだけいない。
せつらはスイッチを押した。
ナンバーはもう決まっていた。

※本作品は書き下ろしです。

あとがき

「実に新鮮な作品だ！」

とゲラを読んだT氏は叫んだ（らしい）。

古くからの読者はご存知だろうが、もと担当だった、そして、担当時代にあれこれ物議をかもしたS社の名物編集者――あのT氏である。

私も知らぬ間に、姑息《こそく》な手段を講じたらしく、いつの間にか出版部長になって、私をのけぞらせた。次は重役だな。

現在《いま》の担当H氏が、ストーリィを話して聞かせたとき、

「そんな題材をKさんが書けるわけがない！」

「ムボーだよ、ムボー」

さんざか悪態をついたらしいが、私の麗筆が進むうちに、さすがに邪悪な先入観をあらためざるを得なくなったらしく、冒頭の発言に到った。

久しぶりの「あとがき」への登場に私も感慨深いものがある。古いファンの方々にもしみじみと時の流れを感じていただきたい。「呪いの館　血を吸う眼」（’71）の大滝秀治《おおたきひでじ》流に言うと、「彼の頭には、もう殆《ほとん》ど毛がないのだ」

よき先輩であり凄い担当者であったI氏は、過日亡くなってしまったが、悪党はなお健在である。

ま、今回だけ、彼の言葉を信じてください。

平成二六年二月某日

「バイ・バイ・バーディー」（’63）を観ながら。

菊地秀行

ノン・ノベル百字書評

キリトリ線

なぜ本書をお買いになりましたか（新聞、雑誌名を記入するか、あるいは○をつけてください）

□（　　　　　　　　　　　　）の広告を見て
□（　　　　　　　　　　　　）の書評を見て
□ 知人のすすめで　□ タイトルに惹かれて
□ カバーがよかったから　□ 内容が面白そうだから
□ 好きな作家だから　□ 好きな分野の本だから

いつもどんな本を好んで読まれますか（あてはまるものに○をつけてください）

●**小説**　推理　伝奇　アクション　官能　冒険　ユーモア　時代・歴史　恋愛　ホラー　その他（具体的に　　　　）

●**小説以外**　エッセイ　手記　実用書　評伝　ビジネス書　歴史読物　ルポ　その他（具体的に　　　　）

その他この本についてご意見がありましたらお書きください

最近、印象に残った本をお書きください			ノン・ノベルで読みたい作家をお書きください		
1カ月に何冊本を読みますか	冊	1カ月に本代をいくら使いますか	円	よく読む雑誌は何ですか	
住所					
氏名		職業		年齢	

あなたにお願い

この本をお読みになって、どんな感想をお持ちでしょうか。

この「百字書評」とアンケートを私までいただけたらありがたく存じます。個人名を識別できない形で処理したうえで、今後の企画の参考にさせていただくほか、作者に提供することがあります。

あなたの「百字書評」は新聞・雑誌などを通じて紹介させていただくことがあります。その場合はお礼として、特製図書カードを差しあげます。

前ページの原稿用紙（コピーしたものでも構いません）に書評をお書きのうえ、このページを切り取り、左記へお送りください。祥伝社ホームページからも書き込めます。

〒一〇一―八七〇一
東京都千代田区神田神保町三―三
祥伝社
NON NOVEL編集長　保坂智宏
☎〇三（三二六五）二〇八〇
http://www.shodensha.co.jp/bookreview/

NON NOVEL

「ノン・ノベル」創刊にあたって

「ノン・ブック」が生まれてから二年一カ月、ここに姉妹シリーズ「ノン・ノベル」を世に問います。

「ノン・ブック」は既成の価値に〝否定《ノン》〟を発し、人間の明日をささえる新しい喜びを模索するノンフィクションのシリーズです。

「ノン・ノベル」もまた、小説《フィクション》を通して、新しい価値を探っていきたい。小説の〝おもしろさ〟とは、世の動きにつれてつねに変化し、新しく発見されてゆくものだと思います。

わが「ノン・ノベル」は、この新しい〝おもしろさ〟発見の営みに全力を傾けます。

ぜひ、あなたのご感想、ご批判をお寄せください。

昭和四十八年一月十五日

NON・NOVEL編集部

NON・NOVEL —1013

魔界都市《まかいとし》ブルース　美女祭綺譚《びじよさいきたん》

平成26年3月20日　初版第1刷発行

著者　菊《きく》地《ち》秀《ひで》行《ゆき》
発行者　竹内和芳
発行所　祥《しよう》伝《でん》社《しや》
〒101-8701
東京都千代田区神田神保町 3-3
☎ 03(3265)2081(販売部)
☎ 03(3265)2080(編集部)
☎ 03(3265)3622(業務部)
印刷　萩原印刷
製本　関川製本

ISBN978-4-396-21013-7　C0293

Printed in Japan

祥伝社のホームページ・http://www.shodensha.co.jp/

長編伝奇小説 新・竜の柩 高橋克彦

長編伝奇小説 霊《たま》の柩 高橋克彦

長編歴史スペクタクル 奔流 田中芳樹

長編歴史スペクタクル 天竺《てんじく》熱風録 田中芳樹

長編新伝奇小説 夜光曲 薬師寺涼子の怪奇事件簿 田中芳樹

長編新伝奇小説 水妖日にご用心 薬師寺涼子の怪奇事件簿 田中芳樹

サイコダイバー・シリーズ①～⑫ 魔獣狩り 夢枕 獏

サイコダイバー・シリーズ⑬～㉕ 新・魔獣狩り〈全十三巻〉 夢枕 獏

長編超伝奇小説 新装版 魔獣狩り外伝 聖母隠陀羅・美空曼陀羅 夢枕 獏

長編超伝奇小説 新装版 新・魔獣狩り序曲 魍魎の女王 夢枕 獏

長編新格闘小説 牙鳴り 夢枕 獏

長編超伝奇小説 魔海船〈全三巻〉 菊地秀行

マン・サーチャー・シリーズ①～⑫ 魔界都市ブルース〈十二巻刊行中〉 菊地秀行

魔界都市ブルース 紅《くれない》秘宝団〈全二巻〉 菊地秀行

魔界都市ブルース 青春鬼 菊地秀行

魔界都市ブルース 闇の恋歌《こいうた》 菊地秀行

魔界都市ブルース 妖婚宮《ようこんきゅう》 菊地秀行

魔界都市ブルース 〈魔法街〉戦譜 菊地秀行

魔界都市ブルース 狂絵師サガン 菊地秀行

長編超伝奇小説 ドクター・メフィスト 夜怪公子《やかいこうし》 菊地秀行

長編超伝奇小説 ドクター・メフィスト 若き魔道士 菊地秀行

長編超伝奇小説 ドクター・メフィスト 瑠璃魔殿《るりまでん》 菊地秀行

長編超伝奇小説 ドクター・メフィスト 妖獣師ミダイ 菊地秀行

魔界都市迷宮録 ラビリンス・ドール 菊地秀行

魔界都市プロムナール 夜香抄《やこうしょう》 菊地秀行

魔界都市ノワール・シリーズ 媚獄王《びごくおう》〈三巻刊行中〉 菊地秀行

魔界都市アラベスク 邪界戦線 菊地秀行

魔界都市ヴィジトゥール 幻工師ギリス 菊地秀行

超伝奇小説 退魔針《たいましん》〈三巻刊行中〉 菊地秀行

長編超伝奇小説 魔界行 完全版 菊地秀行

新バイオニック・ソルジャー・シリーズ 新・魔界行〈全三巻〉 菊地秀行

長編超伝奇小説 龍の黙示録〈全九巻〉 篠田真由美

NON NOVEL

長編ハイパー伝奇
呪禁官《じゅきんかん》〈二巻刊行中〉 牧野 修

長編新伝奇小説
ソウルドロップの幽体研究 上遠野《かどの》浩平

長編新伝奇小説
メモリアノイズの流転現象 上遠野浩平

長編新伝奇小説
メイズプリズンの迷宮回帰 上遠野浩平

長編新伝奇小説
トポロシャドゥの喪失証明 上遠野浩平

長編新伝奇小説
クリプトマスクの擬死工作 上遠野浩平

長編新伝奇小説
アウトギャップの無限試算 上遠野浩平

長編新伝奇小説
コギトピノキオの遠隔思考 上遠野浩平

猫子爵冒険譚シリーズ
血文字GJ《ジー・ジェイ》〈二巻刊行中〉 赤城《あかぎ》 毅《つよし》

長編新伝奇小説
魔大陸の鷹 完全版 赤城 毅

魔大陸の鷹シリーズ
熱沙奇巌城《ねっさきがんじょう》〈全三巻〉 赤城 毅

長編冒険スリラー
オフィス・ファントム〈全三巻〉 赤城 毅

長編新伝奇小説
有翼騎士団 完全版 赤城 毅

長編時代伝奇小説
真田三妖伝《さなださんようでん》〈全三巻〉 朝松 健

長編エンターテインメント
麦酒《ビール》アンタッチャブル 山之口《やまのぐち》洋《よう》

長編本格推理
羊の秘《ひ》 霞《かすみ》 流一《りゅういち》

長編本格推理
奇動捜査 ウルフォース 霞《かすみ》 流一《りゅういち》

長編ミステリー
警官倶楽部 大倉崇裕

天才・龍之介がゆく！シリーズ
〈十二巻刊行中〉
殺意は砂糖の右側に 柄刀《つかとう》 一《はじめ》

長編極道小説
女喰《ぐ》い〈全十八巻〉 広山義慶

長編求道小説
破戒坊《はかいぼう》 広山義慶

長編求道小説
悶絶禅師《もんぜつぜんじ》 広山義慶

長編クライム・サスペンス
嵌《は》められた街 南 英男

長編クライム・サスペンス
理不尽《りふじん》 南 英男

長編ハード・ピカレスク
毒蜜 裏始末 南 英男

ハード・ピカレスク小説
毒蜜 柔肌《やわはだ》の罠 南 英男

エロティック・サスペンス
たそがれ不倫探偵物語 小川竜生

情愛小説
大人の性徴期 神崎京介

長編超級《メガ》サスペンス
ゼウス ZEUS 人類最悪の敵 大石英司

長編冒険ファンタジー
少女大陸 太陽の刃《やいば》、海の夢 柴田よしき

ホラー・アンソロジー
紅《あか》と蒼《あお》の恐怖 菊地秀行他

推理アンソロジー
まほろ市の殺人 有栖川有栖他